BILINGUAL FAIRY TALES IN SPANISH AND ENGLISH

A Story Collection from Charles Perrault, James Planché, and Teodoro Baró y Sureda

Edited and modernized by

Also available
in ebook

Also available:

- Spanish Short Stories for Beginners (https://geni.us/spanishbookbeginner)
- Children's Stories in Dual Language Spanish & English (https://geni.us/bedspan1)
- Bilingual Spanish-English Children Stories (https://geni.us/bedspa2)
- Learn Spanish for Children through Stories (https://geni.us/bedspa3)

For more products by My Daily Spanish, please visit:
https://store.mydailyspanish.com/

"If you want your children to be intelligent, read them fairy tales. If you want them to be very intelligent, read them more fairy tales."

- Albert Einstein

TABLE OF CONTENTS

$6 FREE BONUS
COLORING BOOK FOR KIDS

Unleash your creativity while learning Spanish with our printable coloring book

Inside the Coloring Book for Kids, you will find:

- 10 illustrations, each featuring a Spanish word and its corresponding English translation, making it an interactive and fun way to learn new vocabulary.
- A variety of illustrations from different categories, such as animals, food, and transportation.
- The convenience of a printable format — ideal for both at-home and classroom use.

Scan the QR code below to claim your copy.

OR

Visit the link below:

https://mydailyspanish.com/fairytales-bonus/

INTRODUCTION

There was once a mother who asked Albert Einstein what books her child should read to become a successful scientist.

"Fairy tales," came Einstein's reply.

Unsure about his answer, she asked again, "What other books should I read to him *after* that?"

"More fairy tales," Einstein replied.

You see, fairy tales expand imaginations and shape young minds to think outside the box. Stories of faraway lands push the boundaries of thinking and trigger a creative mindset among young children. Fairy tales also teach children about the consequences of wrong decisions, as well as giving them a strong sense of what is right and wrong. But, more importantly, fairy tales make reading fun, and pave the way for a lifelong love of reading.

Reading as a Way to Learn a Language

Reading can be a fun way to practice learning a language. You will gain new vocabulary quickly and even pick up grammar structures naturally. With a good reading habit — something that can be nurtured with the right reading materials — you will be able to polish your language skills so much more easily than when trying to memorize vocabulary and grammar rules step by step.

Boost Your Spanish and English through Reading Fairy Tales

This book contains eleven different fairy tales written in Spanish and English. Some of these fairy stories you might already be familiar with and some may be new to you. But one thing is for sure, these aren't only for children, they're for adults, too!

If you are trying to boost your Spanish language skills — or perhaps your English — these stories written in dual language will be an enjoyable resource to help you gain new vocabulary and familiarize yourself with sentence structures.

For young readers, these fairy tales will be perfect reading material to help them grow up to be bilingual, while also enhancing their imagination and instilling in them a love for reading.

Improve Your Listening Skills with the Spanish and English Audio

Aside from reading them, you can also listen to the fairy tales, as this book comes with audio in both Spanish and English.

Read along with the stories while you listen, listen to the stories with your children during bedtime, or listen to the audio wherever and whenever you like, the choice is yours. But regardless of how you wish to use the audio, the important thing is you will be able to listen to native speakers narrate the stories and be able to practice your listening and pronunciation skills.

How can you download the audio?

To get your copy of the audio, please proceed to the last page of this book (Page 158). You will find a link there where you can download a copy of the Audio files. Save the audio on any device and listen to it anywhere, anytime — on the road or at home in your pyjamas.

Thank you,

My Daily Spanish Team

ADVICE ON HOW TO USE THIS BOOK EFFECTIVELY

While you can choose your own way of enjoying this book, we have prepared some advice on how you can take full advantage of it and maximize your learning and enjoyment.

1. Don't try to understand everything the first time around.

As a beginner, your Spanish or English skills will take time to develop. You may not understand everything. That's OK. Don't give up or get frustrated just because you are stuck on one word. We have tried to provide as much vocabulary as possible to help you understand the stories. If one word confuses you, just skip it and continue reading.

2. Beware of direct translation.

You may have already learned some individual Spanish or English words separately. Sometimes, though, when these words are put together, the meaning completely changes. Be careful not to translate word for word.

Are you ready to start reading and listening to the fairy tales? Let's begin!

QUICK DISCLAIMER:

The fairy tales included in this book are based on the original texts as they were first written by the original authors. You might come across some words and translations that may already be deemed archaic by today's standards. This is to preserve the authenticity of the language used by the authors.

Thank you,

My Daily Spanish Team

PLEASE READ

The link to download the audio files is available at the end of this book (Page 158)

HISTORIA 1: EL PATITO FEO
STORY 1: THE UGLY DUCKLING

Era un bonito día de verano en el campo, y el dorado trigo, la avena verde y los montones de heno se veían preciosos. La cigüeña caminaba sobre sus largas patas rojas mientras hablaba en egipcio, un idioma que había aprendido de su madre. Los campos de maíz y las praderas estaban rodeados de grandes bosques con profundos estanques. Era muy agradable poder pasear por el campo. En un lugar soleado, cerca de un hondo río, había una vieja y bonita granja, y grandes hojas de bardana crecían por todos lados, desde la casa hasta el agua; eran tan grandes que un niño pequeño podía quedarse de pie debajo de ellas. Aquel lugar resultaba tan silvestre como el más denso de los bosques; y era allí, en aquel acogedor espacio, donde una pata había hecho su nido, esperando a que sus polluelos salieran del cascarón. La pata empezaba a perder la paciencia, ya que los pequeños tardaban en salir de sus huevos y casi nadie iba a visitarla.

It was a lovely summer's day in the country, and the golden corn, the green oats, and the haystacks in the meadows looked beautiful. The stork walking about on his long red legs chattered in Egyptian, a language he had learned from his mother. The cornfields and meadows were surrounded by large forests, with deep pools. It was certainly lovely, being able to walk about in the country. Near a deep river in a sunny spot there was a nice old farmhouse, and great big burdock leaves were growing all the way from the house to the water, and they were so high that a small child could stand upright under the tallest of them. The spot was as wild as the middle of a thick wood. In this snug retreat a duck was sitting on her nest, waiting for her young brood to hatch. She was beginning to get a bit fed up, as the little ones were a long time coming out of their shells, and she didn't have many visitors.

Los otros patos preferían nadar en el río a trepar por las resbaladizas orillas para sentarse bajo una hoja de bardana a chismorrear con ella. Finalmente, un huevo se resquebrajó, y luego otro, y de cada huevo salió una criatura que alzaba su cabeza y gritaba:

—Pío, pío.

—Cuac, cuac —dijo la mamá.

Todos le devolvieron su mejor "cuac" y miraron las grandes hojas verdes a su alrededor. Su mamá los dejó mirar tanto como quisieran, porque el color verde era bueno para sus ojos.

—El mundo es muy grande —dijeron los patitos cuando vieron cuánto espacio tenían en comparación con el interior de sus huevos.

—¿Creéis acaso que esto es el mundo entero? —preguntó su mamá—. Esperad a ver el jardín. Se extiende mucho más allá, hasta el prado del pastor, aunque yo nunca me he alejado tanto.

The other ducks always preferred swimming about on the river to climbing the slippery banks to sit under a burdock leaf and gossip with her. Eventually one shell cracked, and then another, and from each egg came a living creature that lifted its head and cried, "Peep, peep."

"Quack, quack," said the mother, and then they all gave their best quacks and looked around at the large green leaves. Their mother let them look as much as they liked, because green is good for the eyes.

"The world is really big," the young ducks said when they found how much more room they had now compared with inside their shell.

"Do you think this is the whole world?" asked the mother. "Wait till you've seen the garden: it stretches far beyond there as far as the parson's field, but I've never actually gone that far."

—Bueno, espero que ya estéis todos afuera —continuó, levantándose del nido—. ¡Ah, pero si todavía falta el más grande! Me pregunto cuánto tardará. No puedo dedicar mucho más tiempo a esto.

Y se sentó de nuevo en el nido.

—¡Vaya, vaya! ¿Cómo va eso? —preguntó una pata vieja que iba de visita.

"Well, I hope you're all out," she continued, getting up. "Ah, but the largest egg still hasn't hatched. I wonder how long it will be. I can't take much more of this."

And she sat back down on the nest.

"Hey there, how are you getting on?" asked an old duck who came to visit.

—Un huevo no ha eclosionado todavía —dijo la pata—, y no parece que vaya a hacerlo. Pero fíjate en los otros, ¿no son los patitos más lindos que hayas visto nunca? Son la imagen de su padre, pero él es malo. ¿Por qué no ha venido a verme?

—Déjame echar un vistazo a ese huevo que no acaba de romper —dijo la anciana—. Apuesto a que es un huevo de pava. A mí me engañaron para incubar unos huevos de esos una vez, y tras todo el cuidado y los problemas a los que me enfrenté, le tenían miedo al agua. Yo graznaba y los picoteaba, pero de nada sirvió. No conseguí que se metieran. Déjame ver ese huevo.

"One egg hasn't hatched yet," said the duck, "and it doesn't look like it's going to either. Just look at all the others, aren't they the prettiest little ducklings you've ever seen? They are the image of their father, but he's wicked. Why doesn't he ever come to see me?"

"Let me see the egg that won't break," said the old duck. "I'll bet you it's a turkey's egg. I was talked into hatching some of those once, and after all the care and trouble I went to with the young ones, they were afraid of the water. I quacked and clucked, but it did no good. I couldn't get them to go in. Let me look at the egg."

La vieja pata observó el huevo con atención.

—Sí, es un huevo de pava. Hazme caso, déjalo ahí y enseña a los otros patitos a nadar —dijo la anciana.

—Creo que me sentaré sobre él un ratito más —dijo la pata—. He estado tanto tiempo aquí sentada, que unos pocos días más no me harán daño.

—Como quieras —dijo la vieja pata, y se fue.

The old duck looked at the egg carefully.

"Yes, that's a turkey's egg. Take my advice, leave it where it is and teach the other children to swim," said the old duck.

"I think I'll sit on it a little while longer," said the duck. "I've been sitting for such a long time already, a few days more won't matter."

"Please yourself," said the old duck, and she went away.

El huevo grande por fin se rompió, y una pequeña cría salió gritando:

—Pío, pío.

Era muy grande y feo. La pata lo miró y exclamó:

—Es enorme y no se parece en nada a los otros. Me pregunto si realmente es un pavo. Aunque lo averiguaremos pronto, en cuanto vayamos al agua. Tiene que meterse, incluso estoy dispuesta a empujarlo yo misma.

Al día siguiente hacía un tiempo maravilloso, el sol brillaba sobre las hojas verdes de bardana, así que la mamá pata llevó a toda su joven familia al agua y saltó con un chapoteo.

—Cuac, cuac —los llamaba, y uno tras otro los patitos fueron saltando al agua.

El agua les cubría la cabeza, pero enseguida volvían a salir a flote. Nadaban bastante bien, remando fácilmente con sus patas debajo del agua, y hasta el patito feo nadaba con ellos también.

The large egg cracked eventually, and a young thing crept out crying, "Peep, peep."

It was very large and ugly. The duck stared at it and exclaimed, "It's huge and not at all like the others. I wonder if it really is a turkey. We'll soon find out, though, when we go to the water. It has to go in, even if I have to push it in myself."

The next day the weather was delightful, and the sun shone brightly on the green burdock leaves, so the mother duck took her young family down to the water and jumped in with a splash.

"Quack, quack," she cried, and one after the other the little ducklings jumped in.

The water closed over their heads, but they came up again in an instant. They swam about quite prettily with their legs paddling easily underneath them, and the ugly duckling was in the water swimming with them too.

—Oh —dijo la mamá—, no es un pavo. Usa muy bien sus patas, y se mantiene a flote. Es mi hijo y no es tan feo después de todo si lo miras bien. ¡Cuac, cuac! Vamos, venid conmigo, os enseñaré el mundo y os presentaré al corral entero. Pero no os separéis mucho de mí, no vaya a ser que os den un pisotón. Y, sobre todo, tened cuidado con el gato.

Cuando llegaron al corral, había mucho escándalo. Dos familias se peleaban por una cabeza de anguila, que había ido a parar al estómago del gato.

—Veis, niños, así funciona el mundo —dijo la mamá relamiéndose el pico, ya que le hubiese gustado que la cabeza de anguila hubiera sido para ella—. Vamos, enseñadme cómo usáis vuestras patas.

"Oh," said the mother, "he isn't a turkey. He uses his legs really well, and he holds himself quite upright! He is my child and he's not so ugly after all

if you look at him properly. Quack, quack! Come with me now, I'll introduce you to the world, and to the farmyard, but you must keep close so you don't get trodden on. And, above all, beware of the cat."

When they reached the farmyard, there was a great disturbance. Two families were fighting for an eel's head, which had been carried off by the cat.

"See, children, that is the way of the world," said the mother duck, licking her beak because she would have liked the eel's head herself. "Come on then, let me see how well you can use your legs."

—Debéis inclinar la cabeza ante esa anciana pata de allí. Es la más fina de todos nosotros, y tiene sangre española; por eso es tan regordeta. ¿Veis que lleva una cinta roja atada a la pata? Eso significa que es muy grandiosa, y es un gran honor para un pato. Eso muestra que nadie quiere deshacerse de ella, y que es reconocida tanto por humanos como por animales. Vamos, no caminéis con los dedos hacia adentro. Los patitos bien educados separan bien los pies, como mamá y papá, así. Ahora, haced una reverencia y decid "cuac".

Todos obedecieron, pero un pato los miró y dijo:

—Mirad, ahí viene otra nidada. ¿No somos ya bastantes? Y qué extraño es uno de ellos. No lo queremos aquí.

En ese momento, uno de los patos voló y lo mordió en el cuello.

"You must bow your heads prettily to that old duck over there. She's the highest born of them all, and she has Spanish blood, which means she's well off. Can you see she has a red ribbon tied to her leg? That says she's very grand, and it's a great honor for a duck. It shows that no—one wants to lose her, and she can be recognized by both man and animals. Come, now, don't walk with your toes turned in, a well—bred duckling spreads his feet wide apart, just like his father and mother — like this. Now, bow your head and say 'quack.'"

The ducklings did as they were told, but a duck stared at them and said, "Look, here comes another brood. Aren't there enough of us already? And what a strange looking thing one of them is. We don't want him here."

At this point one duck flew out and bit him on the neck.

—Déjalo en paz —dijo la mamá—. No está haciendo daño a nadie.

—Lo sé, pero es tan grande y feo —dijo el pato con maldad—, debe ser expulsado.

—Los otros son patitos muy bonitos —dijo la anciana de la cinta roja en la pata—. Todos menos ese. Ojalá su madre pudiera hacer algo para que pareciese más bonito.

—Eso es imposible, su excelencia —respondió la mamá—. Sé que no es bonito, pero tiene muy buen carácter y nada igual de bien o mejor que los otros. Creo que será más bonito a medida que crezca, y quizás los otros lo alcancen en tamaño. Estuvo dentro del cascarón más de lo necesario, por eso su cuerpo no salió tan bien formado.

Y con el pico le acarició el cuello y le alisó las plumas, diciendo:

—Es macho, así que no importa tanto. Estoy segura de que será muy fuerte y sabrá cuidar de sí mismo.

—Los otros patitos son encantadores —dijo la vieja pata—. Sentíos como en vuestra casa, y si encontráis una cabeza de anguila, traédmela.

"Leave him alone," said the mother, "he isn't doing any harm."

"I know, but he's so big and ugly," said the spiteful duck, "he has to be thrown out."

"The others are very pretty children," said the old duck, the one with the ribbon on her leg. "All but that one. I wish his mother could do something to make him look nicer."

"That's impossible, your grace," replied the mother. "I know he isn't pretty, but he has a very nice nature, and swims as well as or even better than the others. I think he'll grow up pretty, and perhaps the others will catch up to him in size. He stayed too long in the egg, and so his body isn't properly formed."

And then she stroked his neck and smoothed his feathers, saying, "He's a drake, so it isn't that important. I think he'll grow up to be strong, and able to take care of himself."

"The other ducklings are graceful enough," said the old duck. "Now, make yourself at home, and if you can find an eel's head, bring it to me."

Y así, con esa invitación, se pusieron cómodos. El pobre patito que había salido el último del cascarón y al que veían tan feo, recibió picotazos, empujones y burlas, no solo de los otros patos, sino también del resto de aves.

—Es demasiado grande —decían todos.

Y el pavo, que había nacido con espolones en los talones y que era considerado casi un emperador, infló sus plumas como un barco a toda vela y se abalanzó sobre el patito feo. El pavo cacareó tan alto que toda la cara se le puso roja y el pobre patito no sabía dónde meterse. Se sentía muy miserable por ser tan feo y porque todo el mundo se burlaba de él en el corral.

Así pasaron los días, de mal en peor. El pobre patito se sentía acosado por todos. Incluso sus hermanos y hermanas lo maltrataban y le decían:
—Qué feo eres, ojalá el gato te coma.

Hasta su mamá dijo que deseaba que no hubiera nacido nunca. Los patos lo pellizcaban, las gallinas lo picoteaban y la chica que llevaba la comida a las aves le dio una patada. Así que, el patito huyó, asustando a los pajaritos que estaban en los arbustos cuando echó a volar.

And so, having been invited in, they made themselves comfortable. The poor duckling, the one who had climbed out of his shell last of all and who looked so ugly, was bitten and pushed and made fun of, not only by the ducks, but by all the poultry.

"He is too big," they all said, and a turkey cock who had been born into the world with spurs on his heels, and who fancied himself as some sort of emperor, puffed himself out like a ship in full sail, and flew at the ugly duckling. The turkey cackled so loudly that his face turned red with passion, and the poor little duckling didn't know where to go. He was just so miserable because he was really ugly and laughed at by all the animals in the farmyard.

And so it went on, day to day, getting worse and worse. The poor duckling was bullied by everyone. Even his brothers and sisters were unkind to him, and would say, "Ah, you ugly creature, I wish the cat would get you."

And even his mother said she wished he had never been born. The ducks pecked him, the chickens beat him, and the girl who fed the poultry kicked him with her feet. So, eventually, he ran away, frightening the little birds in the hedges as he flew through the air.

—Me tienen miedo porque soy feo — dijo cerrando los ojos.

Voló lejos hasta que llegó a un gran páramo, donde vivían muchos patos salvajes. Allí pasó una noche, cansado y sintiendo pena de sí mismo.

Por la mañana, cuando los patos salvajes alzaron el vuelo, vieron a su nuevo amigo.

—¿Qué tipo de pato eres tú? —le preguntaron todos, mientras volaban a su alrededor.

Él se inclinó ante ellos y fue todo lo educado que pudo, pero no respondió a la pregunta.

—Eres muy feo —dijeron los patos salvajes—. Pero eso no importa mientras no quieras casarte con nadie de nuestra familia.

"They are afraid of me because I am ugly," he said, closing his eyes.

He flew on further until he came to a large moor, where lots of wild ducks lived. He stayed here for a night, feeling very tired and sorry for himself.

In the morning, when the wild ducks flew up into the air, they stared down at their new comrade.

"What sort of a duck are you?" they all asked, flying round him.

He bowed to them, and was as polite as he could be, but he did not answer their question.

"You are very ugly," said the wild ducks, "but that doesn't matter as long as you don't want to marry anyone from our family."

¡Pobrecito! Ni siquiera había pensado en el matrimonio. Sólo quería que lo dejasen estar tranquilo entre los juncos y beber un poco de agua del páramo. Después de dos días, aparecieron en el páramo dos gansos salvajes. Realmente eran crías, ya que no hacía mucho que habían dejado el nido, y eran muy impertinentes.

—Escucha, amigo —le dijo uno de ellos—, eres tan feo que nos gustas. ¿Quieres emigrar con nosotros? No muy lejos de aquí hay otro páramo, y allí hay varias gansas salvajes, todas solteras. Es tu gran oportunidad de encontrar una esposa. Puede que tengas suerte, con lo feo que eres.

Poor thing! He hadn't even thought about marriage. All he wanted was permission to lie down among the rushes, and drink some of the water on the moor. After two days, two wild geese came to the moor. Actually, they were goslings as they hadn't been hatched for very long, and they were very rude.

"Listen, friend," one of them said to the duckling, "you are so ugly that we like you. Will you emigrate with us? Not far from here there's another moor and there are some pretty wild geese there, all of them unmarried. It is a great chance for you to find a wife. You might be lucky, ugly as you are."

—¡Bang, bang! —se escuchó en el aire, y en ese momento los dos gansos salvajes cayeron muertos entre los juncos, tiñendo el agua con su sangre.

El eco de los disparos se oyó en la distancia, y bandadas enteras de gansos salvajes se alzaron de entre los juncos. Los disparos se siguieron escuchando en todas direcciones porque los cazadores rodeaban el páramo, y algunos incluso estaban sentados en las ramas de los árboles, alrededor de los juncos.

"Bang! Bang!" was heard in the air, and at that very moment the two wild geese fell dead among the rushes, coloring the water with their blood.

The bangs echoed far and wide in the distance, and whole flocks of wild geese rose up from the rushes. The bangs kept coming from every direction, because the shooters surrounded the moor, and some were even sitting on the branches of trees around the rushes.

El humo azul que salía de las armas se alzó como nubes sobre los oscuros árboles y, mientras se alejaba flotando sobre el agua, varios perros de caza saltaron sobre los juncos, que cedieron debajo de ellos. ¡Aquello aterrorizó al pobre patito! Giró su cabeza para esconderla bajo el ala, y justo en ese momento, un enorme y horrible perro pasó muy cerca de él. Sus fauces estaban abiertas, la lengua le colgaba fuera de la boca y sus ojos brillaban de forma terrorífica. Acercó el hocico al patito, mostrando sus afilados dientes y, de repente... ¡Plaf, plaf! Se metió al agua sin ni siquiera tocarlo.

—Uf —resopló el patito con alivio—, ahora me siento afortunado de ser tan feo. Ni siquiera un perro quiere comerme.

Se quedó muy quieto, mientras los disparos se escuchaban a través de los juncos, y un arma tras otra era disparada por encima de él.

The blue smoke from the guns rose like clouds over the dark trees, and as it floated away across the water, a number of hunting dogs bounded into the rushes, which gave way beneath them. They really terrified the poor duckling! He turned his head to hide it under his wing, and just at that moment a large terrible dog passed quite near him. His jaws were open, his tongue hung from his mouth, and his eyes glared scarily. He thrust his nose close to the duckling, showing his sharp teeth, and then, "Splash, splash," off he went into the water without even touching him.

"Oh," sighed the duckling with relief. "Now I'm glad I'm so ugly — even a dog doesn't want to eat me."

And he lay quite still, while shots rang out through the rushes and gun after gun was fired over him.

Era muy tarde cuando las cosas se calmaron, pero incluso entonces el pobre no se atrevía a moverse. Esperó quieto durante varias horas, y entonces, tras mirar alrededor con cuidado, abandonó el páramo tan rápido como pudo. Echó a correr por campos y praderas hasta que una tormenta se desató y apenas pudo moverse. Al atardecer, llegó a una pobre casita que parecía que se iba a derrumbar. Y permaneció de pie porque no sabía qué lado se derrumbaría primero. La tormenta era tan violenta que el patito no podía ir más lejos, así que se sentó sobre la casita y se dio cuenta de que la puerta no estaba cerrada porque una de las bisagras se había caído. Había una apertura estrecha cerca de la parte inferior de la puerta que era lo suficientemente grande para que él pasase, así que lo hizo con cuidado con el objetivo de refugiarse durante la noche.

It was very late when things quieted down, but even then the poor young thing didn't dare move. He waited quietly for several hours, and then, after looking around carefully, he left the moor as fast as he could. He ran over field and meadow until a storm started up and he could hardly move through it. Towards evening, he reached a poor little cottage that looked as if it might fall down, and was only standing because it couldn't decide which side should fall down first. The storm was so violent that the duckling couldn't go any further. He sat down by the cottage, and then he noticed that its door wasn't quite closed because one of the hinges had given way. There was a narrow opening near the bottom of the door which was large enough for him to slip through, which he did very quietly, to find some shelter for the night.

En la casita vivía una anciana con un gato y una gallina. El gato, a quien la anciana llamaba "Mi hijito", era un gran intérprete. Sabía arquear el lomo y ronronear; hasta era capaz de echar chispas si lo acariciaban de la manera equivocada. La gallina tenía unas patas muy cortas así que la llamaban "Gallina patas cortas". Era una gran ponedora de huevos y la anciana la quería como a su propia hija.

Por la mañana, descubrieron al extraño visitante, y el gato empezó a ronronear y la gallina a cacarear.

An old woman, a cat and a hen lived in this cottage. The cat, who was called "My little son" by the old lady, was a great performer. He could raise his back, and purr, and could even throw sparks out from his fur if he were stroked the wrong way. The hen had very short legs, so she was called "Chicken short legs." She laid good eggs, and her mistress loved her as if she had been her own child.

In the morning, the strange visitor was discovered, and the cat began to purr and the hen to cluck.

—¿Qué pasa? —preguntó la anciana, mirando alrededor de la habitación. No tenía muy buena vista, así que cuando vio al patito feo, creyó que era una pata regordeta que se había perdido.

—¡Qué suerte! —exclamó—. Espero que no sea macho, porque así tendré huevos de pato. Tengo que esperar y ver qué pasa.

Así que el patito se pudo quedar durante tres semanas para ver qué pasaba, pero no hubo ni rastro de huevos.

El gato era el dueño de la casa y la gallina la dueña, y siempre decían: "Nosotros y el resto del mundo", porque se creían la mitad del mundo, y la mejor mitad.

Al patito le parecía que otros podían opinar de forma distinta, pero la gallina ni siquiera quiso oírlo.

"What's going on?" asked the old woman, looking round the room.

Her sight was not very good, so when she saw the duckling, she thought it must be a fat duck that had strayed from home.

"Oh, what a prize!" she exclaimed, "I hope it is not a drake, because then I'll have some duck's eggs. I must wait and see."

So, the duckling was allowed to stay for three weeks to see what happened, but there were no eggs.

Now, the cat was the master of the house, and the hen was mistress, and they always said, "It's us and the rest of the world," as they believed themselves to be half the world, and the better half at that.

The duckling thought that others might have a different opinion on the subject, but the hen wouldn't listen to such thoughts.

—¿Puedes poner huevos? —le preguntó.

—No.

—Pues entonces haz el favor de cerrar la boca.

—¿Puedes arquear el lomo, ronronear o echar chispas? —preguntó el gato.

—No.

—Pues entonces, no tienes derecho a expresar tu opinión cuando hablan las personas sensatas.

Así que el patito se sentó en un rincón, sintiéndose muy desanimado, hasta que el sol y el aire fresco entraron en la habitación a través de la puerta abierta. Fue entonces cuando sintió tal nostalgia de un chapuzón en el agua que no pudo evitar contárselo a la gallina.

"Can you lay eggs?" she asked.

"No."

"Then have the goodness to hold your tongue."

"Can you raise your back, or purr, or throw out sparks?" asked the cat.

"No."

"Then you have no right to express an opinion when sensible people are speaking."

So, the duckling sat in a corner, feeling very low indeed, until the sunshine and the fresh air entered the room through the open door. Then he began to feel such a great longing for a swim on the water that he couldn't help telling the hen.

—Qué idea más estúpida —dijo la gallina—. Parece que no tienes nada mejor que hacer que pensar en tonterías. Si pudieses ronronear o poner huevos, no pensarías en ellas.

—Pero es tan maravilloso nadar en el agua —dijo el patito—, y tan refrescante zambullir la cabeza y bucear hasta el fondo.

—¡Qué agradable! —dijo la gallina—. ¡Debes estar loco! Pregúntale al gato, es el animal más listo que conozco. Pregúntale si le gustaría nadar en el agua o bucear, porque yo no pienso darte mi opinión. Pregúntale a nuestra anciana dueña; no hay nadie en el mundo más inteligente que ella. ¿Crees que a ella le gustaría nadar o zambullirse en el agua?

—No entiendes lo que digo —dijo el patito.

"What a stupid idea," said the hen. "You have nothing better to do so you have daft fancies. If you could purr or lay eggs, you wouldn't have them."

"But it is so delightful to paddle about on the water," said the duckling, "and so refreshing to feel it close over your head when you dive to the bottom."

"Delightful, indeed!" said the hen. "You must be crazy! Ask the cat, he's the cleverest animal I know, ask him how he would like to swim about on the water, or to dive under it, because I'm not going to give you my own opinion. Ask our mistress, the old woman — there is no one in the world cleverer than her. Do you think she would like to swim, or to let the water close over her head?"

"You don't understand what I'm saying," said the duckling.

—No te entendemos —dijo la gallina—, y no creo que nadie lo haga. ¿Te crees que eres más listo que el gato o la anciana, por no mencionarme a mí? Ni lo pienses, muchacho. Y agradece que te hemos acogido aquí. Estás en un cuarto cálido, con un grupo que puede enseñarte algo, ¿verdad? Pero no eres más que un charlatán, y no nos gusta tu compañía. Créeme, te digo esto por tu propio bien. Puede que te diga verdades desagradables, pero esa es la única prueba de mi amistad. Te aconsejo, por tanto, que pongas huevos y que aprendas a ronronear tan rápido como puedas.

—Creo que debería ir a recorrer el mundo de nuevo —dijo el patito.

"We don't understand you," said the hen, "and we don't know who does. Do you think you're cleverer than the cat, or the old woman, not to mention me? Don't even think about it, child, and thank your lucky stars that you have been welcomed here. You're in a warm room, and in a group who can teach you something, aren't you? But you are a chatterer, and we don't enjoy your company. Believe me, I'm saying this for your own good. I may tell you unpleasant truths, but that is only proof of my friendship. I advise you, therefore, to lay eggs, and learn to purr as quickly as possible."

"I think I should go out into the world again," said the duckling.

—Sí, vete —dijo la gallina.

Así que el patito se fue de la casa, y pronto encontró agua donde nadar y zambullirse, pero los otros animales no se acercaban a él porque era muy feo.

El otoño llegó, y las hojas del bosque se volvieron naranjas y doradas. Después, según llegaba el invierno, el viento cogía las hojas que caían y las hacía girar en remolinos de aire frío. Las nubes, cargadas de granizo y nieve, colgaban bajas del cielo, y el cuervo se posaba en los helechos y graznaba "¡croc, croc!". El patito tiritaba de frío cada vez que lo veía. Todo era muy triste para él.

"Yes, do," said the hen.

So the duckling left the cottage, and soon found some water to swim on and dive in, but other animals didn't go near him because he looked so ugly.

Autumn came, and the leaves in the forest turned to orange and gold. Then, as winter approached, the wind caught the leaves as they fell and whirled them into the cold air. The clouds, full of hail and snowflakes, hung low in the sky, and a raven stood on the ferns crying, "Croak, croak." The duckling shivered with cold when he looked at him. This was all very sad for the poor little duckling.

Una tarde, mientras el sol se ponía entre las radiantes nubes, emergió de entre los arbustos una bandada de hermosas aves. El patito no había visto nunca unos pájaros como esos. Eran cisnes. Doblaban sus esbeltos cuellos y sus suaves plumas brillaban con una blancura resplandeciente. Lanzaban un inusual grito mientras extendían sus magníficas alas y remontaban el vuelo, alejándose de las zonas más frías hacia las tierras cálidas al otro lado del mar.

One evening, just as the sun was setting among the radiant clouds, a large flock of beautiful birds came out of the bushes. The duckling had never seen birds like them before. They were swans. They curved their graceful necks and their soft plumage shone with dazzling whiteness. They uttered an unusual cry, as they spread their glorious wings and flew up and away from these cold parts to warmer lands across the sea.

Volaban cada vez más alto en el aire, y el patito feo sintió una extraña sensación cuando los vio. Empezó a dar vueltas y vueltas en el agua, como una rueda, estiró su cuello hacia ellos, y emitió un chillido tan extraño que hasta él mismo se asustó. Nunca olvidaría aquellos hermosos y felices pájaros. Y cuando, finalmente, los perdió de vista, se zambulló en el agua y volvió a la superficie casi fuera de sí por la emoción. No sabía cómo se llamaban esos pájaros ni hacia dónde volaban, pero sintió algo por ellos que no había sentido antes por ningún otro pájaro del planeta. No sentía envidia de aquellas maravillosas criaturas, sino que quería ser tan encantador como ellas.

They flew higher and higher in the air, and the ugly little duckling felt quite a strange sensation as he watched them. He whirled himself in the water like a wheel, stretched out his neck towards them, and uttered a cry so strange that it actually frightened him. He would never forget those beautiful, happy birds. And when, at last, they were out of his sight, he dived deep into the water, and then swam up again, almost beside himself with excitement. He didn't know what these birds were called, or where they had flown to, but he felt something for them that he had never felt for any other bird in the world before. He was not envious of these beautiful creatures, but he did want to be as lovely as they were.

Pobre animal feo, se hubiese conformado con vivir con los patos si lo hubiesen apoyado. El invierno era cada vez más frío, y él tenía que nadar en el agua para impedir que se congelara a su alrededor, pero cada noche el hueco en que nadaba se hacía más y más pequeño. Con el tiempo, hizo tanto frío que el patito tenía que mover sus patas constantemente en el crujiente hielo para que el espacio no se congelara. Al final acabó agotado y se quedó quieto, empezando a congelarse rápidamente en el hielo.

Poor ugly creature, he would have lived so happily with the ducks if only they had encouraged him. The winter grew colder and colder, he had to swim about on the water to keep it from freezing, but every night the space he had to swim in became smaller and smaller. Eventually, it got so cold that the duckling had to paddle his legs constantly through crunchy ice to stop the space closing up. Finally, he was exhausted and lay still and helpless, frozen fast in the ice.

A la mañana siguiente, un campesino que pasaba por allí vio lo que había pasado.

Rompió el hielo en trocitos con su zueco de madera y llevó al patito a su casa, junto a su mujer. El calor revivió al pobre patito, pero cuando los niños quisieron jugar con él, el patito pensó que querían herirlo, así que saltó aterrorizado y se metió en la vasija de la leche, que se derramó por toda la habitación. Entonces la mujer dio unas palmadas y él se asustó más todavía. Voló hasta la mantequera, luego a la tina de la comida y desde allí, volvió a salir. ¡Estaba hecho un lío! La mujer chilló y lo intentó golpear con las pinzas de la cocina, mientras los niños reían y gritaban, cayendo unos sobre otros para cogerlo. Afortunadamente, el patito escapó. La puerta estaba abierta y consiguió escaparse entre los arbustos, donde se tumbó en la nieve recién caída, exhausto.

The following morning, a peasant passing by saw what had happened.

He broke the ice into pieces with his wooden shoe and carried the duckling home to his wife. The warmth revived the poor little creature, but when the children wanted to play with him, the duckling thought they would hurt him so he jumped, terrified, and fluttered into the milk—pan, splashing milk around the room. Then the woman clapped her hands and so he was even more frightened. Then he flew into the butter—cask, then into the meal—tub, and then out again. He was in such a mess! The woman screamed and lashed out at him with tongs, and the children laughed and screamed, tumbling over each other trying to catch him. Luckily, though, he escaped. The door stood open and the poor creature just managed to slip out towards the bushes, where he lay down exhausted in the newly fallen snow.

Te disgustaría oír todas las miserias y dificultades a las que el patito se tuvo que enfrentar durante el crudo invierno. Sin embargo, cuando pasó, se encontró una mañana tumbado en un páramo, entre los juncos. Notó el calor de los rayos de sol, oyó a la alondra cantar, y vio que la preciosa primavera había llegado.

De repente, el pequeño ave sintió que sus alas eran más fuertes y aleteó. Se elevó hacia el cielo. Sus alas le hacían moverse y, antes de darse cuenta de lo que había pasado, se halló en un gran jardín. Los manzanos florecían y las fragantes ramas doblaban sus largas y verdes ramas hacia el arroyo que serpenteaba a lo largo de un suave césped. Todo se veía precioso en la frescura del comienzo de la primavera. De un matorral cercano salieron tres hermosos cisnes blancos que agitaban sus plumas y nadaban con suavidad por las aguas tranquilas. El patito recordó a aquellas espléndidas aves que una vez había visto y sintió una extraña nostalgia.

You would be upset to hear about all the misery and hardships the poor little duckling had to cope with during the hard winter. But when it passed, he found himself lying one morning on a moor, amongst the rushes. He felt the warm sun shining, and heard the lark singing, and saw that the beautiful spring had arrived.

Then the young bird felt that his wings were strong enough, and he flapped them against his sides. He rose high into the air. His wings carried him onwards and, before he realized what had happened, he found himself in a large garden. The apple trees were in full blossom, and the fragrant branches bent their long green branches down towards the stream winding its way around a smooth lawn. Everything looked beautiful in the freshness of early spring. From a thicket close by came three beautiful white swans, rustling their feathers, and swimming lightly over the smooth water. The duckling remembered the lovely birds he had seen before and felt a strange longing.

—Volaré hasta esas regias aves —exclamó—. Puede que me maten porque soy muy feo y, aún así, me atrevo a aproximarme a ellas, pero no importa. Mejor que me maten ellas a tener que sufrir los pellizcos de los patos, los picotazos de las gallinas, los golpes de la muchacha que alimenta a las aves o morir de hambre en invierno.

Y así, voló hasta el agua y nadó hacia los hermosos cisnes. En cuanto vieron al ser extraño, corrieron a su encuentro con las alas extendidas.

—¡Matadme, matadme! —dijo el pobre patito, mientras bajaba su cabeza hacia la superficie del agua, esperando la muerte.

Pero ¿qué es lo que vio en el agua clara? Su propio reflejo. Ya no era un pájaro oscuro y gris, feo a la vista, sino un grandioso y precioso cisne.

"I will fly towards those royal birds," he exclaimed. "They might kill me because I'm so ugly and am daring to approach them, but it doesn't matter. Better to be killed by them than pecked by the ducks, beaten by the hens, pushed about by the woman who feeds the poultry, or die starving in the winter."

Then he flew onto the water and swam towards the beautiful swans. The moment they saw the stranger, they rushed to meet him with outstretched wings.

"Kill me, kill me!" said the poor bird, and he bent his head down to the surface of the water, and waited for death.

But what did he see in the clear water below? His own image, no longer a dark, gray bird, ugly to look at, but a graceful and beautiful swan.

Poco le importa a un ave nacer en el nido de un pato en una granja, siempre que salga de un huevo de cisne. Se sentía feliz de haber pasado tantas penurias y desgracias, ya que eso le permitió disfrutar más de la alegría y felicidad en la que se encontraba. Y los magníficos cisnes nadaban alrededor del recién llegado y acariciaban su cuello con sus picos para darle la bienvenida.

To be born in a duck's nest in a farmyard matters little to a bird if he's hatched from a swan's egg. He now felt happy to have endured sorrow and hardship, because it enabled him to enjoy so much more all the pleasure and happiness around him. And the great swans swam around the new— comer and stroked his neck with their beaks in welcome.

Entonces, unos niños pequeños entraron en el jardín y lanzaron al agua pan y bizcocho.

—¡Mirad! —gritó el más pequeño—. Hay un nuevo cisne.

Todos estaban entusiasmados, y corrieron hacia su padre y su madre, bailando, dando palmas con sus manos y gritando de alegría.

—¡Otro cisne ha venido, ha llegado uno nuevo!

Y lanzaron más pan y bizcocho al agua mientras decían:

—El nuevo es el más bonito de todos. ¡Es tan joven y bello!

Y los cisnes viejos se inclinaron ante él.

Then some little children came into the garden and threw some bread and cake into the water.

"Look!" cried the youngest, "there's a new swan."

They were all delighted, and ran over to their father and mother, dancing and clapping their hands, and shouting joyfully.

"Another swan has come, a new one has arrived!"

Then they threw more bread and cake into the water and said, "The new one is the most beautiful of all — he is so young and pretty!"

And the old swans bowed their heads before him.

Esto le hizo sentirse avergonzado, y escondió su cabeza bajo el ala. No sabía qué hacer, era muy feliz, pero nada engreído. Había sido perseguido y despreciado por su fealdad, y ahora los oía decir que él era el ave más bonita de todas. Incluso las lilas inclinaron sus ramas hacia el agua, delante de él, y los rayos de sol eran cálidos y brillantes. Rizó entonces sus plumas, curvó su esbelto cuello y lloró de alegría desde lo más profundo de su corazón.

—Jamás soñé con una felicidad como esta cuando era un patito feo.

Then he felt quite embarrassed and hid his head under his wing. He didn't know what to do, he was so happy, but not at all conceited. He had been persecuted and despised for his ugliness, and now he heard them say he was the most beautiful of all the birds. Even the lilacs bent their branches down into the water before him, and the sun shone warm and bright. Then he rustled his feathers, curved his slender neck, and cried joyfully, from the depths of his heart, "I never dreamed of happiness like this when I was an ugly duckling."

HISTORIA 2: LA CENICIENTA
STORY 2: CINDERELLA

Había una vez una mujer, casada con un hombre rico, que enfermó. Cuando sintió que se acercaba el momento de su muerte, llamó a su única hija para que se pusiera al lado de su cama y le dijo: "Hija mía, sigue siendo buena y piadosa, y Dios siempre cuidará de ti. Yo velaré por ti desde el cielo, y estaré siempre a tu lado".

En ese momento cerró los ojos y murió. La muchachita iba todos los días a la tumba de su madre y lloraba, y siguió siendo buena y piadosa. Al llegar el invierno, la nieve cubrió la tumba de blanco, y cuando el sol de la temprana primavera llegó y la derritió, el padre de la niña se casó de nuevo.

There was once a woman, married to a rich man, who fell ill. When she felt she was close to death she called her only daughter to come to her bedside, and said, "Dear child, lead a good and pious life, and God will always take care of you. And I will look down on you from heaven and will always be by your side."

And then she closed her eyes and died. The girl went to her mother's grave every day and wept, and was always pious and good. When winter came, the snow covered the grave with a white covering, and when the sun came in the early spring and melted it away, the girl's father married again.

La nueva mujer llevó consigo a dos hijas, eran guapas y de piel pálida, pero también eran malvadas y retorcidas. Vinieron entonces días muy duros para la pobrecita hermanastra.

—¿Esta estúpida criatura tiene que sentarse en la misma sala que nosotras? —preguntaban—. Si quiere comer, tendrá que ganárselo. ¡Sólo es una sirvienta!

Le quitaron sus hermosos vestidos, y le dieron una túnica gris y un par de zuecos de madera para ponerse.

—¡Mira a la orgullosa princesa ahora, mira cómo va vestida! —gritaron riendo.

Tras esto, la mandaron a la cocina. Fue obligada a hacer duros trabajos desde la mañana hasta la noche. Se levantaba de madrugada para ir a por agua, encender el fuego, cocinar y lavar la ropa. Además de eso, sus hermanastras hacían todo lo posible por atormentarla: se burlaban de ella, tiraban guisantes y lentejas a las cenizas para que se pasase horas recogiéndolas. Por las noches, cuando estaba muy cansada después de un duro día de trabajo, no tenía una cama donde tumbarse, sino que tenía que acomodarse en la chimenea, entre las cenizas. Y como siempre se veía polvorienta y sucia, como si hubiera dormido entre las cenizas, la llamaban Cenicienta.

The new wife brought two daughters with her, and they were beautiful and fair, but evil and wicked too. And so difficult times followed for the poor stepdaughter.

"Is that stupid creature going to sit in the same room as us?" they asked. "If she wants to eat food, she has to earn it. She is nothing but a kitchen maid!" They took away her pretty dresses, and gave her an old gray tunic and wooden shoes to wear.

"Just look at the proud princess now, look how she's dressed!" they cried out, laughing.

Then they sent her to the kitchen. She was forced to do heavy work from morning until night, to get up early in the morning to fetch water, make fires, cook, and wash. Besides that, the sisters did their utmost to torment her — mocking her, and throwing peas and lentils into the ashes, then making her pick them all out. In the evenings, when she was quite tired after her hard day's work, she didn't have a bed to lie on, but had to settle down on the hearth among the cinders. And because she always looked dusty and dirty, as if she'd actually slept in the cinders, they called her Cinderella.

Un día su padre, que solía viajar mucho por trabajo, se disponía a ir a la feria y preguntó a sus dos hijastras qué deseaban que les trajese.

—¡Ropa bonita! —dijo una.

—¡Perlas y joyas! —dijo la otra.

—¿Y tú qué quieres, Cenicienta? —preguntó.

—La primera ramita que roce tu sombrero de vuelta a casa, padre; eso es lo que quiero que me traigas.

El padre trajo para sus dos hijastras ropa bonita, perlas y joyas. De camino a casa, mientras cabalgaba por un sendero verde, una ramita de avellano le rozó el sombrero; la rompió y la llevó a casa con él. Cuando llegó a casa, le dio a sus hijastras lo que pidieron, y entregó a Cenicienta la ramita de avellano. Ella le dio las gracias y fue a la tumba de su madre, plantó la ramita allí y lloró de forma tan amarga que sus lágrimas cayeron sobre ella, regándola, hasta que creció, convirtiéndose en un hermoso árbol. Cenicienta iba a verlo tres veces al día. Lloraba y rezaba, y cada vez aparecía un pájaro blanco en una rama del árbol. Cenicienta descubrió que, si pedía cualquier cosa, el pájaro se lo traía.

Then one day her father, who often traveled for his business, was about to set off for the fair and asked his two stepdaughters what he should bring back for them.

"Fine clothes!" said one.

"Pearls and jewels!" said the other.

"And what would you like, Cinderella?" he asked.

"The first twig, Father, that brushes against your hat on the way home, that's what I would like you to bring me."

So, he brought his two stepdaughters fine clothes, pearls, and jewels. And on his way home, as he rode through a green lane, a hazel twig brushed against his hat, and he broke it off and carried it home with him. And when he arrived home, he gave the stepdaughters what they'd asked for, and he gave Cinderella the hazel twig. She thanked him, and went to her mother's grave, and planted the twig there, crying so bitterly that her tears fell upon it, watering it, and it flourished and became a fine tree. Cinderella went to see it three times a day, and wept and prayed, and each time a white bird appeared on a branch of the tree. And Cinderella found that if she made a wish for anything at all, the bird brought her whatever thing she wished for.

Sucedió que el rey había organizado una fiesta que duraría tres días y a la cual todas las doncellas bonitas del país estaban invitadas para que el hijo del rey pudiese elegir una como su esposa. Cuando las dos hermanastras oyeron que estaban invitadas, se emocionaron mucho, llamaron a Cenicienta y dijeron:

—Péinanos, limpia nuestros zapatos y ajústanos las hebillas. Vamos al banquete de bodas en el castillo del rey.

Al oír esto, Cenicienta no pudo evitar llorar, ya que a ella también le hubiera gustado asistir al baile, y le suplicó a su madrastra para que le dejara ir.

—¿Qué? ¿Tú, Cenicienta? —dijo—. Con todo ese polvo y esa suciedad, ¿quieres ir a la fiesta? ¡No tienes vestido ni zapatos! ¡Y quieres bailar!

Pero como Cenicienta seguía preguntando, su madrastra finalmente le dijo:

—He esparcido un plato de lentejas en las cenizas, si las recoges todas en dos horas, puedes venir con nosotras.

Entonces, la muchacha salió por la puerta trasera y fue a dar al jardín, allí gritó:

—¡Oh, mansas palomas, oh, tórtolas y todas las aves que existen, las lentejas que están en las cenizas, venid y recogerlas por mí! Las buenas deben colocarse en un plato, las malas podéis coméroslas si queréis.

Now it just so happened that the king had organized a celebration that would last for three days, and to which all the beautiful young women in the country were invited so that the king's son could choose one of them as his bride. When the two stepdaughters heard that they were invited to attend, they were very excited and called Cinderella and said, "Comb our hair, clean our shoes, and tighten our buckles. We're going to the wedding feast at the king's castle."

When she heard this, Cinderella couldn't help crying, because she would have liked to go to the dance as well, and she begged her stepmother to let her go.

"What? You, Cinderella?" she said, "In all your dust and dirt, you want to go to the party? You have no dress and no shoes! And you want to dance!"

But as Cinderella carried on asking, her stepmother eventually said, "I have scattered a dishful of lentils in the ashes, and if you can pick them all up in two hours then you may go with us."

So, the young girl went to the back door that led into the garden, and called out, "O gentle doves, O turtledoves, and all the birds that be, the lentils that in ashes lie, come and pick them up for me! The good must be put in a dish; the bad you may eat if you wish."

Entonces, dos blancas palomas acudieron a la ventana de la cocina seguidas por algunas tórtolas y, por último, una bandada de todos los pájaros que aparecieron en el cielo cantando y revoloteando. Se posaron entre las cenizas, las palomas asintieron con la cabeza y comenzaron a picotear y picotear, y luego todos los demás empezaron a picotear y picotear también, colocando todas las legumbres buenas en el plato. Completaron la tarea en una hora y se fueron volando.

La muchacha le llevó el plato a su madrastra; estaba contenta y pensó que ya podría ir a la fiesta. Sin embargo, su madrastra le dijo:

—No, Cenicienta, no tienes la ropa adecuada, no sabes bailar, ¡y todo el mundo se reiría de ti!

Y cuando la pobre Cenicienta empezó a llorar decepcionada, añadió:

—Si eres capaz de llenar dos platos más con lentejas buenas y limpias de las cenizas, puedes venir con nosotras.

Pero todo el tiempo pensaba para sí misma, "sé que no será capaz de hacerlo".

Después de que su madrastra hubiese tirado dos platos de lentejas a las cenizas, la muchacha atravesó la puerta trasera que daba al jardín y gritó:

—¡Oh, mansas palomas, oh, tórtolas y todas las aves que existen, las lentejas que están en las cenizas, venid y recogerlas por mí! Las buenas deben colocarse en un plato, las malas podéis coméroslas si queréis.

Then two white doves came to the kitchen window, followed by some turtledoves and, at last, a flock of all the birds in the sky appeared, chirping and fluttering. They landed among the ashes, and the doves nodded their heads and began to pick, peck, pick, peck, and then all the others began to pick, peck, pick, peck too, and put all the good beans into the dish. They completed the task within an hour then flew away.

Then the young girl brought the dish to her stepmother, feeling joyful and thinking that she could go to the party now. But her stepmother said, "No, Cinderella, you don't have the right clothes, you don't know how to dance, and everyone would laugh at you!"

And when Cinderella cried with disappointment, she added, "If you can fill two more dishes with lentils from the ashes, nice and clean, you can go with us." But all the time she was thinking to herself, "I know she won't be able to do it."

After her stepmother had thrown two dishes of lentils into the ashes, the young girl went through the back door into the garden, and cried, "O gentle doves, O turtledoves, and all the birds that be, the lentils that in ashes lie, come and pick them up for me! The good must be put in a dish; the bad you may eat if you wish."

Entonces, dos blancas palomas acudieron a la ventana de la cocina seguidas por algunas tórtolas y, último, una bandada de todos los pájaros que aparecieron en el cielo cantando y revoloteando. Se posaron entre las cenizas, las palomas asintieron con la cabeza y comenzaron a picotear y picotear, y luego todos los demás empezaron a picotear y picotear también, colocando todas las legumbres buenas en el plato. Completaron la tarea en media hora y se fueron volando.

La muchacha cogió los platos y se los llevó a su madrastra; estaba contenta y pensó que ya podría ir a la fiesta. Sin embargo, su madrastra le dijo:

—Esto no sirve de nada. Aún así no puedes venir con nosotras. No tienes la ropa adecuada y no sabes bailar. Nos dejarías en evidencia.

Tras esto, le dio la espalda a la pobre Cenicienta y se apresuró a salir con sus dos engreídas hijas.

Then two white doves came to the kitchen window, followed by some turtledoves and, at last, a flock of all the birds in the sky appeared, chirping and fluttering. They landed among the ashes, and the doves nodded their heads and began to pick, peck, pick, peck, and then all the others began to pick, peck, pick, peck too, and put all the good beans into the dish. Within half an hour, they had completed the task and flew away.

Then the young girl took the dishes to her stepmother, feeling joyful and thinking that she could go to the party now. But her stepmother said, "This doesn't help. You still can't come with us. You don't have the right clothes, and you can't dance. You would embarrass us."

Then she turned her back on poor Cinderella and hurried to leave with her two conceited daughters.

Como no había nadie en casa, Cenicienta se encaminó a la tumba de su madre, bajo el avellano, y lloró. El pájaro blanco apareció y Cenicienta le pidió un deseo.

—Arbolito, arbolito, sacude tus ramas para que la plata y el oro caigan y me cubran.

As there was no one left in the house, Cinderella went to her mother's grave under the hazel tree and cried. The white bird appeared, and Cinderella made a wish.

"Little tree, little tree, shake over me, so that silver and gold come down and cover me."

En ese momento, el pájaro le arrojó un vestido de oro y plata, y un par de zapatos bordados con seda y plata. Ella se puso el vestido de forma acelerada y fue a la fiesta. Su madrastra y sus hermanastras no la reconocieron y pensaron que debía ser una princesa extranjera porque se veía muy guapa con su vestido dorado. Ni siquiera pensaron que podía ser Cenicienta, a quien imaginaban en casa, haciendo sus interminables tareas. El hijo del rey fue a recibirla, la cogió de la mano y bailó con ella, negándose a bailar con nadie más y sin querer soltar su mano. Cuando los demás iban a preguntarle a ella si quería bailar, él respondía:

—Es mi pareja.

Then the bird threw down a dress of gold and silver, and a pair of slippers embroidered with silk and silver. And she quickly put the dress on and went to the party. Her stepmother and stepsisters didn't recognize her, and thought she must be a foreign princess, because she looked so beautiful in her golden dress. They never even thought it might be Cinderella, and imagined that she was at home, doing her endless household chores. The king's son came to meet her, took her by the hand and danced with her, refusing to dance with anyone else and not wanting to let go of her hand. When anyone else came to ask her to dance he answered, "She's my partner."

Al anochecer, Cenicienta quiso volver a su casa, y el príncipe le dijo que la acompañaría y cuidaría de ella, ya que quería saber dónde vivía la bella muchacha. Pero ella escapó de su lado y saltó hacia el palomar de madera. El príncipe esperó hasta que llegó su padre, y le dijo que la extraña muchacha había saltado hacia el palomar de madera. Su padre pensó: "No puede ser Cenicienta, ¿verdad?". Pidió hachas y picos y ordenó que derribaran el palomar, pero no había nadie allí. Cuando fueron a casa de Cenicienta, ella estaba allí sentada, con la ropa sucia por la chimenea. Cenicienta había sido muy rápida, había saltado del palomar y corrido hacia el avellano. Se quitó su precioso vestido y lo dejó sobre la tumba para que el pájaro se lo llevara. Se puso su túnica gris de nuevo y se sentó en la cocina, junto a la chimenea.

When night fell, she wanted to go home, and the prince said he'd go with her to take care of her, and because he wanted to see where the beautiful young woman lived. But she escaped from him and jumped into the wooden pigeon coop. The prince waited until his father came, and he told him the strange young woman had jumped into the pigeon coop. His father thought, "It can't be Cinderella, can it?" and then called for axes and hatchets, and had the coop chopped down. But there was no one in there. And when they went to Cinderella's house, she was sitting there in her dirty clothes by the hearth, with a little oil lamp burning dimly in the chimney. Cinderella had been very quick, had jumped out of the pigeon coop and run to the hazel tree. She took her beautiful dress off there and laid it on the grave, and the bird carried it away again. Then she put her gray tunic on again, and sat down in the kitchen by the hearth.

Al día siguiente, cuando la fiesta volvió a empezar y sus padres y hermanastras se habían marchado, Cenicienta fue al avellano y exclamó:

—Arbolito, arbolito, sacude tus ramas para que la plata y el oro caigan y me cubran.

Entonces, el pájaro le bajó un vestido aún más espléndido que el del día anterior.

Cuando apareció entre los invitados, todo el mundo se quedó maravillado con su belleza. El príncipe había estado esperando su llegada; la cogió de la mano y bailó con ella solamente. Y cuando alguien iba a invitarla a bailar, él decía:

—Es mi pareja.

Al caer la noche ella quería irse a casa, y esta vez el príncipe la siguió, ya que quería saber dónde vivía. Sin embargo, ella se le escapó y corrió hacia el jardín que había en la parte trasera de la casa. El jardín tenía un árbol grande y hermoso que daba espléndidas peras. Cenicienta saltó entre las ramas con la ligereza de una ardilla, y el príncipe no supo dónde había ido. Esperó a que su padre llegase y le dijo que la extraña muchacha se había ido corriendo y que creía que se había subido al peral. Su padre pensó: "No puede ser Cenicienta, ¿verdad?", y pidió un hacha. Derribó el árbol, pero allí no había nadie. Cuando fueron de nuevo a la cocina, Cenicienta estaba sentada junto a la chimenea como siempre. Había bajado por el otro lado del árbol, le había devuelto su

preciosa ropa al pájaro del avellano y se había puesto su túnica gris de nuevo.

The next day, when the party started again and her parents and stepsisters had left to go to it, Cinderella went to the hazel tree and cried, "Little tree, little tree, shake over me, so that silver and gold come down and cover me."

Then the bird brought down an even more splendid dress than the one the day before.

And when she appeared in it among the guests, everyone was astonished at her beauty. The prince had been waiting until she came, and he took her hand and danced with her and only her. And when anyone else came to invite her to dance he said, "She is my partner."

When night fell, she wanted to go home, and this time the prince followed her, because he wanted to see where she lived, but she got away from him, and ran into the garden at the back of the house. A fine, large tree bearing splendid pears stood in the garden. Cinderella leapt up among the branches as lightly as a squirrel, and the prince didn't know where she'd gone. So, he waited until his father came, and then he told him that the strange young woman had rushed away from him, and that he thought she'd gone up into the pear tree. His father thought, "It can't be Cinderella, can it?" and called for an axe. He felled the tree, but there was no one in it. And when they went into the kitchen again, Cinderella was sitting there by the hearth, as usual. She had climbed down the other side of the tree, and had taken her beautiful clothes back to the bird in the hazel tree, and had put on her old gray tunic again.

El tercer día, en cuanto sus padres y hermanastras se marcharon, Cenicienta volvió a la tumba de su madre y le dijo al árbol:

—Arbolito, arbolito, sacude tus ramas para que la plata y el oro caigan y me cubran.

Entonces el pájaro le bajó unas zapatillas hechas de oro y un vestido de tal esplendor y brillo que jamás se había visto nada igual.

Cuando apareció con el vestido en la fiesta, nadie supo qué decir, estaban asombrados. El príncipe bailó sólo con ella, y si alguien iba a pedirle un baile, él respondía:

—Es mi pareja.

On the third day, after her parents and stepsisters had set off, Cinderella went again to her mother's grave, and said to the tree, "Little tree, little tree, shake over me, so that silver and gold may come down and cover me."

Then the bird threw down slippers made of gold as well as a dress which was so beautiful in splendor and brilliance that its equal had never been seen.

And when she appeared in this dress at the party, nobody knew what to say because they were so in awe. The prince danced with her alone, and if anyone else asked her to dance he answered, "She is my partner."

Al anochecer, Cenicienta quería irse a casa, y el príncipe iba a acompañarla, pero ella corrió tan rápido que no pudo seguirla. Sin embargo, él había urdido un plan: había hecho que los escalones del palacio se cubrieran de brea para que, tan pronto como ella echara a correr por las escaleras, su zapato izquierdo se quedara pegado. El príncipe lo cogió y vio que estaba hecho de oro y que era muy pequeño y fino. A la mañana siguiente, le dijo a su padre que la única persona a la que aceptaría como esposa sería aquella a la que le valiera este zapato de oro.

And when night fell, Cinderella wanted to go home, and the prince was going to go with her but she ran past him so quickly that he couldn't follow her. However, he had laid a plan, and had had the palace steps covered in pitch so that, as she rushed down the steps, her left shoe got stuck in it. The prince picked it up, and saw that it was made from gold, and was very small and slender. The next morning, he went to his father and told him that the only person he would accept as his bride was the one whose foot fitted the golden shoe.

El mismo día, los jinetes recorrieron el país para proclamar que el príncipe probaría el zapato en el pie de todas las hijas de cada una de las familias del reino hasta que encontrase a su futura esposa. Esto hizo que las dos hermanas se pusieran muy contentas, ya que tenían los pies bonitos. Cuando el rey y su hijo llegaron a su casa, la mayor fue a su habitación con su madre y se probó el zapato. No podía meter ni el dedo gordo dentro porque el zapato era muy pequeño. Entonces, su madre cogió un cuchillo y dijo:

—Córtate el dedo, porque cuando seas reina no tendrás que ir andando a ningún sitio.

Entonces se cortó el dedo, metió el pie en el zapato, reprimió el dolor y bajó donde el príncipe. Él la montó en su caballo y cabalgaron. Al pasar por la tumba, dos palomas que estaban sentadas en el avellano gritaron:

—¡Allí van, allí van! Hay sangre en su zapato, el zapato es demasiado pequeño, ¡no es la novia verdadera!

The very same day, riders were sent throughout the land proclaiming that the prince would try the slipper on the feet of every daughter of every family in the kingdom until he found his future bride. This made the two sisters very happy because they had pretty feet. When the king and his son arrived at their house, the eldest went to her room along with her mother to try on the shoe. She couldn't even get her big toe into it, as the shoe was too small. Then her mother handed her a knife, and said,

"Cut your toe off, because when you're the queen you'll never have to walk anywhere."

So, the girl cut her toe off, squeezed her foot into the shoe, hid her pain, and then went down to the prince. Then he took her onto his horse with him and they rode off. They had to pass by the grave, where two doves were sitting on the hazel tree, shouting, "There they go, there they go! There's blood on her shoe; the shoe's too small, she isn't the right bride at all!"

El príncipe miró hacia abajo y vio la sangre saliendo de su zapato. Dio la vuelta al caballo y llevó a la falsa novia a su casa de nuevo, diciéndole que no era la verdadera y que su otra hermana debía probarse el zapato. La otra hermana fue a su habitación y se lo probó. Consiguió meter los dedos del pie, pero el talón era muy grande. Entonces, su madre cogió el cuchillo y le dijo:

—Corta parte de tu talón. Cuando seas reina no tendrás que ir andando a ningún sitio.

Dicho esto, se cortó un trozo de talón, metió el pie en el zapato, reprimió el dolor y bajó donde el príncipe. Él la montó en su caballo y cabalgaron. Al pasar por la tumba, dos palomas que estaban sentadas en el avellano gritaron:

—¡Allí van, allí van! Hay sangre en su zapato, el zapato es demasiado pequeño, ¡no es la novia verdadera!

Then the prince looked down at her shoe and saw the blood flowing. And he turned his horse round and took the fake bride home again, telling her she wasn't the right one, and that the other sister must try the shoe on. The other sister went into her room to try it on, and she managed to get her toes in quite comfortably, but her heel was too big. Then her mother *handed her the knife, saying, "Cut a piece of your heel off. When you are the queen you will never have to walk anywhere."*

So, the girl cut a piece of her heel off, and thrust her foot into the shoe, hid her pain, and went down to the prince, who took her onto his horse with him and they rode off. They had to pass by the hazel tree where the two doves were sitting. They cried, "There they go, there they go! There's blood on her shoe; the shoe's too small, she isn't the right bride at all!"

Entonces el príncipe miró el pie y vio cómo la sangre fluía, tiñendo su blanco calcetín. Hizo dar media vuelta a su caballo y, de nuevo, llevó a la falsa novia a su casa.

—Esta no es la verdadera —le dijo a la madre—. ¿Tienes alguna otra hija?

—No —dijo ella—, excepto la hija que la difunta esposa de mi marido nos dejó, nuestra desgraciada Cenicienta. Es imposible que ella sea la novia.

El príncipe, sin embargo, ordenó que se la llamara, y la madrastra dijo:

—¡Oh, no! Está muy sucia, no puedo dejar que la veas.

Él insistió en que se la llamara, por lo que debían encontrar a Cenicienta.

Ella se frotó la cara y las manos hasta que estuvieron limpias, luego entró y le hizo una reverencia al príncipe, quien le tendió el zapato dorado. Ella se sentó en un taburete, sacó el pie de su pesado zueco de madera y lo metió en el de oro. Le quedaba perfecto. Cuando se levantó y el príncipe la miró a la cara, vio de nuevo a la bella muchacha que había bailado con él y exclamó:

—¡Esta es la novia verdadera!

La madrastra y las dos hermanastras quedaron estupefactas y palidecieron de ira. El príncipe subió a Cenicienta al caballo, delante de él, y cabalgaron. Al pasar por el avellano, las dos palomas blancas gritaron:

—¡Allí van, allí van! No hay sangre en su zapato, el zapato no es demasiado pequeño, ¡ella es la novia verdadera después de todo!

Then the prince looked at her foot and saw how the blood was flowing from the shoe and staining her white stocking. And he turned his horse round and, once again, brought the fake bride home. "This isn't the right one," he said to her mother. "Do you have another daughter?"

"No," she said, "except that my husband's dead wife left behind our little stunted Cinderella. It's impossible that she's the bride."

But the prince ordered her to be sent for, and the stepmother said, "Oh no! She's much too dirty. I couldn't let you see her."

He insisted she be brought, however, so Cinderella had to be found.

She scrubbed her face and hands until they were clean, then went in and curtseyed to the prince, who held the golden shoe out to her. Then she sat down on a stool, drew her foot out of her heavy wooden shoe, and slipped it into the golden one. It fit perfectly. When she stood up and the prince saw her face, he saw again the beautiful young woman who'd danced with him, and he cried out, "This is the right bride!"

The stepmother and the two stepsisters were thunderstruck and went pale with anger. But the prince put Cinderella before him on his horse and they rode off. And as they passed the hazel tree, the two white doves cried, "There they go, there they go! No blood on her shoe; the shoe's not too small, she's the right bride after all."

Y, habiendo compartido sus pensamientos, las palomas bajaron volando tras ellos y se posaron en los hombros de Cenicienta. Una a la derecha, la otra a la izquierda, y allí permanecieron.

And having shared their thoughts, the doves came flying after them and perched on Cinderella's shoulders, one on the right, the other on the left, and stayed there.

HISTORIA 3: PULGARCITO
STORY 3: TOM THUMB

Había una vez un pobre campesino que una noche se encontraba sentado cerca de la chimenea atizando el fuego mientras su esposa hilaba sentada, y dijo:

—Qué aburrido es que no tengamos hijos. Nuestra casa siempre está en silencio, mientras que en los demás hogares todo es alegría y bullicio.

—Sí —contestó la mujer suspirando—. Si por lo menos tuviéramos uno, aunque fuera muy pequeño, no más grande que mi dedo pulgar, ¡cuán feliz sería! Significaría que hemos logrado todo lo que queríamos.

Once upon a time there was a poor peasant who found himself sitting near the chimney one evening poking the fire, while his wife sat at her spinning wheel.

And he said, "It's so dull without any children here; our house is so quiet, and other people's houses are so noisy and merry!"

"Yes," answered his wife, sighing, "if we could only have one, just a little one, no bigger than my thumb, how happy I would be! It would mean we had everything we ever wanted."

Resultó que al poco tiempo la mujer tuvo un niño perfecto, pero no más grande que un dedo pulgar. Los padres dijeron:

—Es tal como lo habíamos deseado y lo queremos mucho.

Y debido a su tamaño lo llamaron Pulgarcito.

Aunque lo alimentaban bien, no creció más, sino que se quedó tal como era cuando nació. Era muy inteligente, rápido y sensato, por lo que tenía éxito en todo lo que hacía.

Now, it just so happened that after a short while the woman had a child who was perfect, but no bigger than a thumb. The parents said, "He's exactly what we wished for, and we love him very much," and they called him "Tom Thumb" because of his size.

And even though they fed him well, he didn't grow any bigger but stayed exactly the same size as when he was first born. He was very bright, quick and sensible, so he was successful in all he did.

Un día, su padre se estaba preparando para ir al bosque a cortar leña y se dijo a sí mismo: "Ojalá tuviera a alguien que pudiera traerme el carro".

—¡Oh, padre! —exclamó Pulgarcito—. ¡Yo puedo llevar el carro, cuenta conmigo! Lo llevaré al bosque a tiempo.

One day his father was getting ready to go into the forest to cut wood, and he said, as if to himself, "I wish there was someone who could bring the cart to me."

"Oh father," cried Tom Thumb, "I can bring the cart, you can count on me! I'll bring it to you in the forest at the right time, too!"

El hombre se echó a reír y dijo:

—¿Cómo lo manejarás? Eres muy pequeño como para coger las riendas.

—Eso no importa, padre. Mientras madre sigue tejiendo, yo me sentaré en la oreja del caballo y le diré dónde ir.

—Bien —contestó el padre—, probaremos una vez.

Cuando llegó la hora de partir, la madre continuó tejiendo tras colocar a Pulgarcito en la oreja del caballo. Así se fue, gritando "¡Arre!", y el caballo trotó como si su dueño estuviese guiándolo, y guió el carro por el camino correcto hacia el bosque.

De repente, justo en el momento en que doblaban una esquina y el pequeño iba gritando "¡Arre! ¡Arre!", dos hombres extraños pasaron por su lado.

Then the father laughed, and said, "How will you manage that? You're much too small to hold the reins."

"That doesn't matter, father. While mother carries on spinning, I'll sit in the horse's ear and tell him where to go."

"Well," answered the father, "we'll try it once."

When it was time to set off, the mother went on spinning, after putting Tom Thumb in the horse's ear. So he drove off, crying, "Giddy—up!" And the horse trotted on as if his master were driving him, and took the cart along the right road to the forest.

Now, just as they turned a corner, and the little fellow was calling out "giddy—up!" two strange men passed by.

—Mira —dijo uno de ellos—, ¿cómo es posible? Ahí va un carro, y el conductor le está hablando al caballo, pero no se le ve por ninguna parte.

—Qué extraño —dijo el otro—. Sigámoslo y veamos dónde va.

La carreta se adentró en el bosque hasta llegar al lugar donde se había estado cortando leña. Cuando Pulgarcito divisó a su padre, le gritó:

—¡Mira, padre, aquí estoy con el carro! Bájame.

El padre agarró al caballo con la mano izquierda y con la derecha bajó a su pequeño hijo de la oreja del caballo, y Pulgarcito se sentó sobre un tocón, feliz y contento. Cuando los dos forasteros lo vieron, se quedaron mudos de asombro.

Al fin, uno de ellos, agarrando al otro, le dijo:

—Mira, ese pequeño muchacho nos haría ricos si lo exhibiéramos en la ciudad a cambio de dinero.

"Look," said one of them, "how is that happening? There goes a wagon, and the driver is talking to the horse, but he's nowhere to be seen."

"How strange," said the other. "Let's follow the cart and see where it goes."

And the cart went right through the forest, up to the place where the wood had been cut. When Tom Thumb caught sight of his father, he cried out, "Look, Father, here am I with the wagon! Get me down now."

The father held the horse with his left hand, and with his right he lifted his little son out of the horse's ear, and Tom Thumb sat down on a stump, quite happy and content. When the two strangers saw him, they were struck dumb with wonder.

At last one of them, taking the other aside, said to him, "Look here, that little chap would make our fortune if we were to show him in the town for money."

—¿Y si lo compramos?

Se dirigieron al campesino y le dijeron:

—Véndenos al hombrecito; te aseguramos que no le haremos daño.

—No —respondió el padre—, es mi ojito derecho y no lo vendería ni por todo el oro del mundo.

Pero Pulgarcito, cuando oyó lo que pasaba, trepó por los pliegues del abrigo de su padre, se colocó sobre su hombro y susurró en su oído:

—Padre, puedes dejarme ir. Estaré de vuelta pronto, te lo prometo.

Entonces, el padre se lo entregó a los dos hombres a cambio de una buena cantidad de dinero.

"Suppose we buy him?"

So, they went up to the woodcutter, and said, "Sell the little man to us. We'll make sure he comes to no harm."

"No," answered the father. "He's the apple of my eye, and I wouldn't sell him for all the money in the world."

But Tom Thumb, when he heard what was going on, climbed up by his father's coat tails and, perching on his shoulder, whispered in his ear, "Father, you might as well let me go. I'll be back soon, I promise you."

Then the father gave him up to the two men for a large amount of money.

Ellos le preguntaron dónde quería sentarse.

—Oh, ponme en el ala de tu sombrero —dijo—, así podré pasear sobre él y ver el paisaje sin peligro de caerme.

Lo hicieron como él dijo, y cuando Pulgarcito se despidió de su padre se pusieron todos en camino. Viajaron hasta que anocheció y Pulgarcito pidió que lo bajaran un rato, solo para cambiar un poco, y el hombre estuvo de acuerdo. Bajó a Pulgarcito de su sombrero y lo puso en el césped, junto al camino. Él salió corriendo al instante y, tras arrastrarse entre los surcos, se metió rápidamente en una ratonera, que era exactamente lo que esperaba encontrar.

They asked him where he would like to sit.

"Oh, put me on the brim of your hat," he said. "Then I can walk about and view the country, and be in no danger of falling off."

So they did as he asked, and when Tom Thumb had taken leave of his father, they set off all together. And they traveled on until dusk, and the little fellow asked to be put down a little while, just for a change, and the man agreed. He took Tom Thumb down from his hat and put him in a field by the roadside. He ran off straight away and, after creeping about among the furrows, he slipped quickly into a mouse hole, which was exactly what he was hoping to find.

—¡Buenas noches, caballeros, podéis iros a casa sin mí! —les gritó riéndose.

Ellos corrieron y rebuscaron con sus palos en la ratonera, pero fue en vano. Pulgarcito se arrastró cada vez más y más profundo y, como estaba oscureciendo, se vieron obligados a ir a casa como mejor pudieron, aunque estaban muy enfadados y con el monedero vacío.

"Good evening, gentlemen, you can go on home without me!" he cried out to them, laughing.

They ran up and felt about with their sticks in the mouse hole, but it was in vain. Tom Thumb crept further and further in and, as it was getting dark, they had to make their way home as best they could, but were very angry and had empty purses.

Cuando Pulgarcito estuvo seguro de que se habían ido, salió de su escondite bajo tierra.

—Es peligroso atravesar a tientas estos agujeros por la noche —dijo—. Podría romperme el cuello fácilmente.

Pero, por fortuna, encontró una concha de caracol vacía.

—¡Qué suerte! —exclamó—. Ahora podré salir seguro por la noche. —y se metió en ella.

When Tom Thumb was sure they'd gone, he crept out of his hiding place underground.

"It's dangerous work groping about these holes in the dark," he said. "I could easily break my neck."

But by good fortune he came upon an empty snail shell.

"That's lucky," he said. "Now I can get safely through the night," and he settled down in it.

Cuando estaba a punto de quedarse dormido, oyó pasar a dos hombres, y uno le decía al otro:

—¿Cómo haremos para robarle al rico cura todo su oro y su plata?

—Yo puedo deciros cómo —exclamó Pulgarcito.

—¿Qué está pasando? —dijo uno de los ladrones bastante asustado—. Puedo oír a alguien que habla.

Se quedaron callados y escucharon, y Pulgarcito habló otra vez:

—Llevadme con vosotros, ¡os diré cómo hacerlo!

—¿Dónde estás? —preguntaron.

—Mirad hacia el suelo y oiréis de dónde viene mi voz —contestó.

Just as he was about to fall asleep, he heard two men passing by, and one was saying to the other, "How are we going to get hold of the rich parson's gold and silver?"

"I can tell you how," cried Tom Thumb.

"What's going on?" asked one of the thieves, quite frightened. "I can hear someone speaking!"

They stood still and listened, and Tom Thumb spoke again: "Take me with you. I'll show you how to do it!"

"Where are you?" they asked.

"Look about on the ground and you'll hear where my voice is coming from," he answered.

Por fin lo encontraron y lo alzaron.

—Un pequeño elfo —dijeron—. ¿Cómo crees que puedes ayudarnos?

—Mirad —respondió—, yo me puedo desplazar fácilmente entre los barrotes de hierro de la habitación del cura y daros lo que queráis coger.

—Muy bien —dijeron—. Veamos qué puedes hacer.

At last they found him, and lifted him up.

"A little elf," they said. "How do you think you can help us?"

"Look here," he answered, "I can easily creep between the iron bars of the parson's room and hand out to you whatever you would like to have."

"Very well," they said, "let's see what you can do."

Cuando llegaron a la casa parroquial, Pulgarcito se deslizó hacia la habitación y gritó con todas sus fuerzas:

—¿Queréis todo lo que hay aquí?

Los ladrones se asustaron y le dijeron:

—Habla más bajo, no queremos que nadie se despierte.

Pero Pulgarcito hizo como que no los había oído y gritó de nuevo:

—¿Qué queréis? ¿Queréis todo lo que hay aquí?

La cocinera, quien dormía en una habitación cercana, lo oyó y se sentó en la cama a escuchar.

Los ladrones, con miedo de ser descubiertos, volvieron corriendo parte del camino, pero se armaron de valor otra vez, pensando que el pequeño sólo bromeaba. Volvieron y le susurraron que fuera serio y que les pasara algo.

So when they came to the parsonage, Tom Thumb crept into the room, and cried out with all his might, "Do you want everything in here?"

The thieves were terrified, and said, "Speak more softly, we don't want anyone to wake up."

But Tom Thumb pretended he hadn't heard them, and cried out again, "What would you like? Do you want everything in here?" so that the cook, sleeping in a room nearby, heard him and sat up in bed to listen.

The thieves, frightened of being discovered, ran back part of the way; but they gathered their courage again, thinking the little fellow was only joking. They came back and whispered to him to be serious, and to hand something out to them.

Entonces, Pulgarcito gritó una vez más todo lo alto que pudo:

—Oh, claro, os daré todo. Abrid vuestras manos.

La criada que estaba escuchando, lo oyó perfectamente esa vez, saltó de la cama y abrió la puerta de golpe. Los ladrones huyeron como si un cazador salvaje los persiguiera; y la criada, que no podía ver nada, fue a encontrar una vela. Cuando volvió con una, Pulgarcito se había metido en el granero sin ser visto. La sirvienta, cuando terminó de mirar en cada agujero y en cada esquina sin encontrar nada, volvió a la cama. Pensó que debía de haber estado soñando con los ojos y los oídos abiertos.

Then Tom Thumb called out once more as loudly as he could, "Oh, yes, I'll pass it all to you. Put your hands out."

The nearby maid who was listening heard him distinctly that time, jumped out of bed, and flung open the door. The thieves ran off as if a wild huntsman were behind them, and the maid, who couldn't see anything, went to find a light. And when she came back with one, Tom Thumb had taken himself off into the barn, without being seen. And the maid, when she had finished looking in every hole and corner and found nothing, went back to bed. She thought she must have been dreaming with her eyes and ears open.

Pulgarcito entonces se metió en el heno y encontró un rincón cómodo para dormir. Pretendía quedarse allí hasta que se hiciese de día, y luego ir a casa de su padre y su madre. Sin embargo, otras cosas estaban aún por ocurrir, y él no encontraría más que problemas y preocupaciones en este mundo.

So, Tom Thumb crept into the hay, and found a comfortable nook to sleep in. He intended to stay there until daytime, then go home to his father and mother. But other things were yet to happen, and he would find nothing but trouble and worry in this world.

La criada se levantó al amanecer para dar de comer a las vacas. El primer lugar al que se dirigió fue el granero, donde cogió un puñado de heno, y resultó ser el mismo montón en el que Pulgarcito estaba durmiendo. Estaba tan profundamente dormido que no fue consciente de nada y no se despertó hasta que estaba en la boca de la vaca que comía el heno.

The maid got up at dawn to feed the cows. The first place she went to was the barn, where she took up an armful of hay, and it happened to be the very heap in which Tom Thumb lay asleep. And he was so deeply asleep that he wasn't aware of anything, and didn't wake up until he was in the mouth of the cow eating the hay.

—Oh, Dios —exclamó—. ¿Cómo he acabado en un molino?

Pronto descubrió dónde estaba. Tenía que tener cuidado de no acabar entre los dientes de la vaca, y al final encontró el camino que iba hacia el estómago de la vaca.

—Olvidaron las ventanas cuando construyeron esta habitación —dijo—, y el sol no puede entrar. No hay nada de luz.

El espacio era desagradable para él en todos los aspectos, y lo peor era que entraba constantemente heno nuevo, por lo que el espacio se iba llenando. Al final gritó con todas sus fuerzas, tan alto como pudo:

—¡No más heno! ¡No más heno!

"Oh dear," he cried, "how have I come to be in a mill!"

But he soon found out where he was. He had to be very careful not to get between the cow's teeth, and at last he found his way into the cow's stomach.

"They forgot the windows when this little room was built," he said, "and the sun can't get in. There's no light at all."

His quarters were unpleasant to him in every way and the worst was that new hay was constantly coming in, so the space was being filled up. At last he cried out with all his might, as loudly as he could, "No more hay! No more hay!"

La criada estaba ordeñando a la vaca y, cuando oyó una voz sin poder ver a nadie, se dio cuenta de que era la misma voz que había oído por la noche, por lo que se asustó tanto que se cayó del taburete y derramó la leche. Entonces, fue corriendo hasta donde su amo y le dijo:

—¡Oh, querido amo, la vaca ha hablado!

—Debes estar loca —respondió el amo, y fue él mismo al establo para ver qué pasaba.

Tan pronto como puso un pie en la puerta, Pulgarcito exclamó de nuevo:

—¡No más heno! ¡No más heno!

The maid was milking the cow and, when she heard a voice but couldn't see anyone, and she realized it was the same voice that she'd heard in the night, she was so frightened that she fell off her stool and spilt the milk. Then she ran in quickly to her master, crying, "Oh, master dear, the cow spoke!"

"You must be crazy," answered her master, and he went himself to the cowshed to see what the matter was.

No sooner had he put his foot inside the door, than Tom Thumb cried out again, "No more hay! No more hay!"

El propio cura se asustó, imaginando que un espíritu malvado había poseído a la vaca, y mandó que la llevaran al matadero. La mataron, pero el estómago donde estaba Pulgarcito fue arrojado a un estercolero. Pulgarcito tuvo grandes problemas para salir de allí, y acababa de hacer un agujero lo suficientemente grande como para sacar la cabeza cuando la mala suerte apareció de nuevo. Un hambriento lobo se acercó corriendo y se tragó el estómago entero de un bocado.

Then the parson himself was frightened, imagining that a bad spirit had entered the cow, and he ordered her to be put to death. So, she was killed, but the stomach, where Tom Thumb was, was thrown on a dunghill. Tom Thumb had great trouble working his way out of it, and he had just made a space big enough for his head to go through when new bad luck came his way. A hungry wolf ran up and swallowed the whole stomach in one gulp.

Pero Pulgarcito no se desanimó. Pensó: "Quizá, el lobo atenderá a razones".

Así que desde dentro del lobo, gritó:

—Querido lobo, puedo decirte dónde comer un espléndido almuerzo.

—¿Dónde lo encontraré? —preguntó el lobo.

—En una casa. Tienes que colarte por un desagüe y allí encontrarás pasteles, tocino y caldo, tanto como puedas comer —y le describió la casa de su padre.

But Tom Thumb wasn't discouraged. "Perhaps," he thought, "the wolf will listen to reason."

So from inside the wolf he shouted, "My dear wolf, I can tell you where to get a splendid meal!"

"Where will I find it?" asked the wolf.

"At a certain house. You have to creep in through a drain, and you'll find cakes and bacon and broth there, as much as you can eat," and he described his father's house to him.

El lobo no necesitó que se lo dijeran dos veces. Por la noche se coló por el desagüe y se dio un festín en el almacén, contentando su corazón. Cuando al fin se sació, quiso marcharse, pero se había hinchado tanto que no podía volver por donde había venido. Pulgarcito, teniendo esto en

cuenta, empezó a hacer un horrible estruendo dentro del lobo, llorando y gritando todo lo alto que podía.

The wolf didn't need to be told twice. During the night, he squeezed himself through the drain and feasted to his heart's content in the store room. When he was at last full, he wanted to leave, but he had grown so big that it was not possible for him to creep back the way he'd come. Tom Thumb had counted on this, and began to make a terrible din inside the wolf, crying and calling as loudly as he could.

—¿Te quieres callar? —le dijo el lobo—. ¡Vas a despertar a todo el mundo!

—Mira —contestó el pequeño—. Tú estás lleno, así que ahora estoy haciendo algo por mí —y empezó a hacer todo el ruido que pudo.

"Will you be quiet?" said the wolf. "You'll wake the folks up!"

"Look here," cried the little man, "you're full up, so now I'm doing something for myself," and began to make as much noise as he could.

Al final, su padre y su madre se despertaron, corrieron hacia la puerta de la habitación y miraron por la rendija. Cuando vieron al lobo dentro, corrieron y cogieron armas: el hombre un hacha y la mujer una guadaña.

—Quédate detrás de mí —dijo el hombre cuando entraron en el cuarto—. Cuando lo golpee, si no lo he matado, lo cortas con la guadaña.

Entonces Pulgarcito oyó la voz de su padre y gritó:

—¡Querido padre, estoy dentro del lobo!

Entonces el padre dijo feliz:

—¡Gracias al cielo que hemos encontrado a nuestro querido hijo! —y le dijo a su mujer que mantuviera la guadaña alejada, ya que temía que pudiera hacer daño a Pulgarcito con ella.

Alcanzó al lobo y le golpeó tan fuerte en la cabeza, que cayó muerto. Después fue a buscar un cuchillo y unas tijeras, rajó el cuerpo del lobo y sacó al pequeño.

At last his father and mother woke up, and they ran to the door of the room and peeped through the gap. When they saw a wolf in there, they ran and fetched weapons — the man an axe, and the wife a scythe.

"Stay back," said the man, as they entered the room. "When I've struck him, if I haven't killed him, then you must cut him with your scythe."

Then Tom Thumb heard his father's voice, and cried, "Dear Father, I am here inside the wolf!"

Then the father called happily, "Thank heavens we've found our dear child!" and told his wife to keep the scythe out of the way, worried she might hurt Tom Thumb with it.

He approached the wolf and hit it so hard on the head that it fell down dead. Then he fetched a knife and a pair of scissors, slit open the wolf's body, and let the little fellow out.

—¡Oh, qué suerte! ¡Hemos estado tan preocupados por ti! —dijo el padre.

—Sí, padre, he vivido mil aventuras y estoy muy agradecido de respirar aire fresco de nuevo.

—¿Dónde has estado todo este tiempo? —preguntó el padre.

—Oh, he estado en una madriguera y en una concha de caracol, en el estómago de una vaca y dentro de un lobo. Ahora creo que me quedaré en casa.

—Y nosotros no nos separaremos de ti ni por todos los reinos del mundo —dijeron los padres mientras besaban y abrazaban a su pequeño Pulgarcito.

Le dieron algo de comer y de beber, y ropa nueva, ya que la suya estaba sucia de sus viajes.

"Oh, what luck! We've been so worried about you!" said the father.

"Yes, Father, I've had a number of adventures and am very glad to breathe fresh air again."

"So where have you been all this time?" asked his father.

"Oh, I have been in a mouse hole and a snail's shell, in a cow's stomach and a wolf's inside. Now I think I'll stay at home."

"And we won't part with you for all the kingdoms of the world," cried the parents, as they kissed and hugged their dear little Tom Thumb.

And they gave him something to eat and drink, and a new suit of clothes, as his old ones were dirty from his travels.

HISTORIA 4: JACK Y LAS HABICHUELAS MÁGICAS
STORY 4: JACK AND THE BEANSTALK

Había una vez un niño llamado Jack que vivía con su pobre y viuda madre. Ellos habían vendido casi todo lo que tenían para comprar comida. Cuando su última vaca dejó de dar leche, la madre de Jack lo mandó a la ciudad para venderla.

Once upon a time there was a boy called Jack who lived with his poor widowed mother. They had sold almost everything they owned to buy food. When their last cow stopped giving them milk, Jack's mother sent him to town to sell it.

De camino a la ciudad Jack conoció a un tipo extraño que le contó historias de habichuelas mágicas.

—¿Dónde puedo comprar algunas de esas habichuelas mágicas para mi madre? —preguntó Jack.

—Tengo las últimas cinco habichuelas mágicas y te las venderé a ti porque pareces buen chico —dijo el extraño hombre sonriendo a Jack.

On the way to town Jack met a strange fellow who told him stories of magic beans.

"Where can I buy some of these magic beans for my mother?" asked Jack.

"I have the last five magic beans and I'll sell them to you because you seem a good boy," the strange man said, smiling at Jack.

—Bueno, no tengo nada excepto nuestra vieja vaca y necesitamos el dinero que conseguiría vendiéndola para comprar comida.

El hombre respondió:

—Confía en mí, hijo mío, estas habichuelas te traerán comida y fortuna, y tu madre estará orgullosa.

"Well, I have nothing but our old cow and we need the money I would get by selling her for food."

The man replied, "Trust me, my boy, these beans will bring you food and fortune, and your mother will be proud."

Jack dudó, pero finalmente intercambió la vaca por las habichuelas. Cuando volvió a casa, su madre se puso furiosa y llorando lanzó las habichuelas por la ventana de la cocina. Jack se fue a la cama esa noche triste y con hambre.

Jack hesitated but finally traded the cow for the beans. When Jack returned home his mother was furious and, crying, she threw the beans out of the kitchen window. Jack went to bed that night sad and hungry.

Se despertó a la mañana siguiente y vio que en el jardín crecía un enorme tallo.

—¡Las habichuelas son realmente mágicas! —exclamó.

Jack vio que el tallo alcanzaba las nubes. Recordó historias sobre nubes que contenían oro y comenzó a escalar para ver qué podía encontrar.

He woke the next morning to find a huge beanstalk growing in the garden. "The beans really are magic!" he cried.

Jack saw that the stalk reached the clouds. He remembered stories about the clouds containing gold and started climbing to see what he could find.

Escaló y escaló. Cuando llegó a la cima, vio un enorme castillo y se dirigió hacia él.

La puerta era tan grande que Jack pudo arrastrarse por debajo de ella. Una vez estuvo dentro, vio a un gigante comiendo su cena. Cuando el gigante terminó de comer, llamó a su criado para que le trajera su bolsa de monedas de oro.

He climbed and he climbed. When he got to the top he saw a huge castle and headed for it.

The door was so big that Jack could crawl beneath it. When he was inside, he saw a giant eating his dinner. When the giant had finished, he called to his servant to bring him his bag of gold coins.

Mientras estaba contando su dinero, el gigante empezó a sentirse somnoliento y se quedó dormido.

Jack se acercó sigilosamente al gigante y le robó su bolsa de oro. Bajó por el tallo con el dinero y, cuando llegó abajo, llamó a su madre.

While he was counting his money, the giant became drowsy and fell asleep.

Jack crept up to the giant and stole his bag of gold. He struggled down the beanstalk with the money, and when he reached the bottom he shouted to his mother.

La madre de Jack estaba muy feliz porque ese era el mismo dinero que el gigante le había robado al padre de Jack hacía muchos años. Pero ella también tenía miedo porque sabía lo peligroso que era el gigante e hizo prometer a Jack que nunca volvería.

Jack's mother was very happy because this was the same money the giant had stolen from Jack's father many years ago. But she was also afraid because she knew how dangerous the giant was and made Jack promise he'd never go back.

Jack lo prometió, pero después de un tiempo, el dinero comenzó a agotarse. Jack empezó a preguntarse si encontraría algo más en el castillo.

Una vez más, Jack decidió volver a subir por el tallo y regresar al castillo. Una vez más, llegó al castillo y se metió por debajo de la puerta.

Jack did promise but, after a while, the money started to run out. Jack began to wonder if he might find anything else in the castle.

Once again, Jack decided he'd go back up the beanstalk and back to the castle. Once again, he reached the castle and crawled under the castle door.

Y una vez más encontró al gigante cenando en su mesa. Sin embargo, esta vez cuando terminó, el gigante pidió su gallina mágica.

Jack se sorprendió cuando vio que la gallina ponía un huevo de oro puro. Mientras el gigante observaba a la gallina, de nuevo le dio sueño y se durmió. Jack se acercó silenciosamente hasta la mesa y cogió a la gallina.

And once again he found the giant eating dinner at his table. When he finished this time, though, the giant called for his magic hen.

Jack was amazed when he saw the hen lay an egg of pure gold. While the giant was watching the hen, he again became drowsy and fell asleep. Jack crept silently up to the table and grabbed the hen.

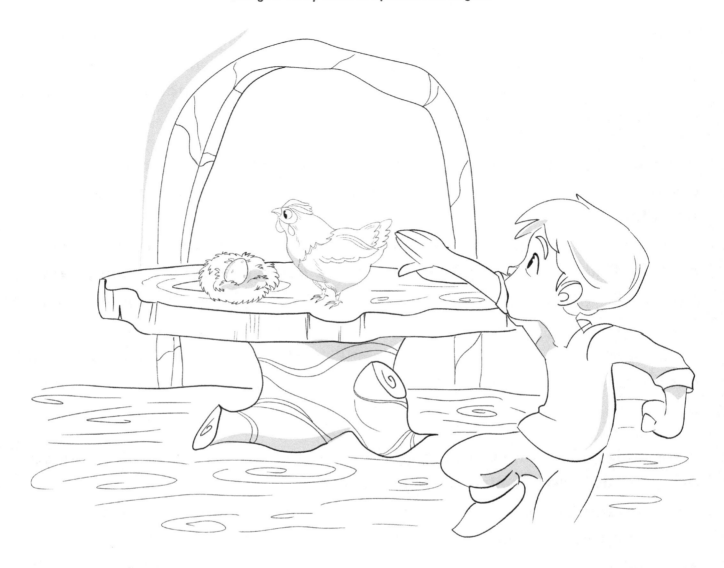

Cuando regresó a casa, su madre estaba muy enfadada porque Jack había vuelto al castillo. Cogió el hacha de Jack con la intención de cortar el tallo.

Jack le suplicó que no lo hiciera y le mostró la gallina que ponía huevos de oro. La madre de Jack soltó el hacha y observó con deleite cómo la gallina ponía un hermoso huevo de oro tras otro.

When he got home, his mother was very angry that Jack had gone back to the castle. She grabbed Jack's axe with the intention of cutting the beanstalk down.

Jack begged her not to and showed her the hen that laid golden eggs. Jack's mother put the axe down and watched with delight as the hen laid one beautiful golden egg after another.

Después de un tiempo, a Jack le picó la curiosidad y de nuevo pensó en qué más podría encontrar en el castillo.

Una vez más, Jack decidió volver a subir por el tallo y regresar al castillo. De nuevo frente al castillo, se metió bajo la puerta. Y una vez más, encontró al gigante cenando en su mesa.

After a while, Jack's curiosity got the better of him and he thought again about what else he might find in the castle.

Once again, Jack decided he would go back up the beanstalk and back to the castle. Once again, he reached the castle and crawled under the castle door. And once again he found the giant eating dinner at his table.

Y de nuevo, cuando el gigante terminó, pidió su arpa mágica. Jack vio cómo el arpa comenzaba a tocar música hermosa por sí sola.

La música era tan hermosa que en poco tiempo el perezoso gigante volvió a quedarse profundamente dormido.

And, when he had finished, he called out again but this time the giant called for his magic harp. Jack watched as the harp began to play beautiful music all by itself.

The music was so beautiful that, before long, the lazy giant was once again fast asleep.

Jack se acercó en silencio a la mesa. Pero tan pronto como cogió el arpa, ésta comenzó a tocar muy fuerte en sus extrañas manos y el gigante se despertó.

—Fi, fa, fo, fum —gritó el gigante mientras perseguía al muchacho y su arpa.

Jack corrió hacia el tallo y se deslizó hacia abajo.

Jack crept silently up to the table. But as soon as Jack picked up the harp, it began playing very loudly in his strange hands and the giant woke.

"Fee, Fi, Fo, Fum," yelled the giant as he chased after the boy and his harp. Jack raced to the beanstalk and slid down.

Podía sentir el tallo temblar mientras el gigante bajaba. Por suerte, su hacha estaba cerca y comenzó a talar el tallo.

He could feel the stalk shake as the giant climbed down. Luckily, his axe was nearby and he began chopping down the beanstalk.

El tallo tembló y se resquebrajó bajo el peso del gigante y los esfuerzos de Jack.

Finalmente, el tallo se rompió y el gigante cayó a la tierra para no ser visto de nuevo. Jack y su madre vivieron felices para siempre.

The beanstalk shook and cracked under the weight of the giant and Jack's efforts.

Finally, the stalk snapped and the giant fell to the earth, never to be seen again. Jack and his mother lived happily ever after.

HISTORIA 5: HANSEL Y GRETEL
STORY 5: HANSEL AND GRETEL

Cerca de un gran bosque vivía un pobre leñador con su mujer y sus dos hijos: el niño pequeño se llamaba Hansel y la niña pequeña, Gretel. Apenas tenían para comer o beber, y una vez, cuando hubo una gran hambruna, el hombre no pudo ni siquiera darles pan.

Near a great forest there lived a poor woodcutter and his wife and his two children. The little boy's name was Hansel and the little girl's was Gretel. They had very little to eat or drink, and once, when there was a great famine in the land, the man couldn't even get them any bread.

Una noche, tumbado en la cama pensando en eso, dando vueltas y más vueltas, suspiró profundamente y le dijo a su mujer:

—¿Qué va a ser de nosotros? ¿Cómo vamos a alimentar a nuestros hijos si ni siquiera somos capaces de alimentarnos a nosotros mismos?

—Te diré qué, esposo —respondió la mujer—; llevaremos a los niños al bosque mañana temprano, a la parte más frondosa. Les encenderemos una hoguera y les daremos un trocito de pan a cada uno. Luego, nos iremos a trabajar y los dejaremos solos. Nunca encontrarán el camino a casa y nos libraremos de ellos.

—No, mujer —dijo el hombre—, no puedo hacer eso. No tengo un corazón de piedra como para llevar a mis hijos al bosque y dejarlos allí solos. En un santiamén los animales salvajes se acercarían y se los comerían.

—Qué tonto —dijo ella—. En ese caso, los cuatro nos moriremos de hambre. Será mejor que vayas preparando los ataúdes.

Y no lo dejó en paz hasta que él accedió.

As he lay in bed one-night thinking about this, tossing and turning, he sighed heavily and said to his wife, "What will become of us? How can we feed our young children when we can't even feed ourselves?"

"I'll tell you what, husband," answered the wife, "we'll take the children into the forest early tomorrow morning, to where it's at its thickest. We'll make them a fire, and we'll give each of them a piece of bread, then we'll go about our work and leave them alone. They'll never find their way home again, and we'll be rid of them."

"No, wife," said the man, "I can't do that. I can't find it in my heart to take my children into the forest and leave them there all alone. In no time at all, wild animals would come and eat them up."

"Oh, you fool," she said. "In that case, all four of us will starve. You'd better get the coffins ready," and she wouldn't leave him in peace until he agreed.

—Pero esos pobres niños me dan mucha lástima —dijo el hombre.

Los dos niños no habían sido capaces de dormir a causa del hambre y oyeron lo que su madrastra le había dicho a su padre. Gretel lloró con pena y le dijo a Hansel:

—Estamos perdidos.

—Silencio, Gretel —dijo Hansel—. Y no te preocupes. Ya se me ocurrirá algo.

Y cuando los padres se fueron a dormir, él se levantó, se puso su pequeño abrigo, abrió la puerta trasera y salió sigilosamente. La luna brillaba con intensidad y los guijarros blancos que estaban en frente de casa resplandecían como piezas de plata. Hansel se agachó y llenó el pequeño bolsillo de su abrigo con ellos. Después volvió y le dijo a Gretel:

—Calma, querida hermanita, y vete a dormir tranquila. Dios no nos abandonará.

Y se tumbó de nuevo en su cama.

"But I really pity the poor children," said the man.

The two children hadn't been able to sleep because they were so hungry, and had heard what their stepmother said to their father. Gretel wept pitifully and said to Hansel, "It's all over for us."

"Be quiet, Gretel," said Hansel, "and don't fret. I'll sort something out." And when the parents had gone to sleep, he got up, put on his little coat, opened the back door, and slipped out. The moon was shining brightly, and the white pebbles that lay in front of the house glistened like pieces of silver. Hansel bent down and filled the little pocket of his coat with them. Then he went back again and said to Gretel, "Keep calm, dear little sister, and go to sleep quietly. God will not forsake us," and he lay down again in his bed.

Al amanecer, y antes de que el sol hubiera salido por completo, la mujer fue y despertó a los dos niños diciéndoles:

—Levantaos, holgazanes, vamos a ir al bosque a cortar madera.

Después le dio a cada uno un trozo de pan y les dijo:

—Esto es para la cena y no debéis comerlo antes porque no hay más.

Gretel puso el pan en su delantal porque Hansel tenía sus bolsillos llenos de guijarros. Todos partieron hacia el bosque. Cuando habían avanzado un poco, Hansel se quedó quieto y miró hacia atrás, hacia la casa; lo hizo una y otra vez hasta que su padre le dijo:

—Hansel, ¿qué estás mirando? Muévete.

At daybreak, and before the sun had risen fully, the wife came and woke the two children, saying, "Get up, you lazy bones, we're going into the forest to cut wood."

Then she gave each of them a piece of bread, and said, "That's for dinner, and you mustn't eat it before then because there isn't any more."

Gretel carried the bread in her apron because Hansel had his pockets full of pebbles. Then they all set off together for the forest. When they had gone a little way Hansel stood still and looked back towards the house, and he did this time and time again, until his father said to him, "Hansel, what are you looking at? Get a move on."

—Oh, padre —dijo Hansel—, estoy mirando a mi pequeño gatito blanco, sentado en el tejado diciendo adiós.

—Tonto —dijo la mujer—, ese no es tu gatito; es el brillo del sol reflejado en la chimenea.

Hansel no había estado mirando a su gatito en absoluto, sino que cada vez que se giraba cogía un guijarro de su bolsillo y lo arrojaba al camino.

"Oh Father," said Hansel, "I am looking at my little white kitten, sitting up on the roof, saying goodbye."

"You fool," said the woman, "that isn't your kitten, it's the sunshine on the chimney pot."

Hansel hadn't been looking at his kitten at all but rather, every now and then, taking a pebble from his pocket and dropping it on the road.

Cuando llegaron a la mitad del bosque el padre les dijo a los niños que cogieran leña para hacer fuego y mantenerse calientes. Hansel y Gretel recogieron bastantes ramas como para hacer un buen fuego. Lo mantuvieron encendido y, cuando la llama estaba bastante alta, la mujer dijo:

—Ahora tumbaos cerca del fuego y descansad, niños; nosotros iremos a cortar leña. Cuando estemos listos vendremos a buscaros.

Hansel y Gretel se sentaron cerca del fuego y al mediodía, ya se habían comido cada uno su trozo de pan. Durante todo el rato pensaron que su padre estaba en el bosque, ya que les pareció escuchar los golpes del hacha, pero en realidad sólo era una rama seca que colgaba de un árbol marchito y que el viento movía de un lado a otro. Cuando llevaban allí un rato, cerraron los ojos y se quedaron profundamente dormidos.

When they reached the middle of the forest, the father told the children to collect wood to make a fire to keep them warm, and Hansel and Gretel gathered enough brushwood for quite a fire. They set it alight and when the flame was burning quite high the wife said, "Now lie down by the fire and rest, children, and we'll go and cut wood. When we're ready we'll come and fetch you."

So Hansel and Gretel sat by the fire, and at noon they each ate their piece of bread. They thought their father was in the woods all the time, as they seemed to hear the strokes of the axe, but really it was only a dry branch hanging from a withered tree that the wind moved back and forth. When they had been there a while, they closed their eyes and fell fast asleep.

Cuando al fin despertaron era de noche, y Gretel comenzó a llorar diciendo:

—¿Cómo haremos para salir de este bosque?

Pero Hansel la consoló diciendo:

—Espera un poco más hasta que salga la luna y entonces encontraremos fácilmente el camino a casa.

When at last they woke it was night, and Gretel began to cry, saying, "How will we ever get out of this wood?"

But Hansel comforted her, saying, "Wait a little while longer, until the moon rises, and then we'll easily find our way home."

Y cuando la luna llena apareció, Hansel tomó a su hermanita de la mano y siguieron el sendero donde los guijarros brillaban como la plata, mostrándoles el camino. Caminaron toda la noche y, al amanecer, llegaron a casa de su padre. Llamaron a la puerta y, cuando la mujer la abrió y vio que eran Hansel y Gretel, dijo:

—Estos niños traviesos, ¿por qué os quedasteis dormidos en el bosque durante tanto tiempo? ¡Pensábamos que nunca volveríais a casa!

Pero el padre estaba contento, ya que se le había partido el corazón al dejarlos en el bosque.

And when the full moon appeared, Hansel took his little sister by the hand, and followed the road where the pebbles shone like silver, showing them the way home. They walked all night and, at daybreak, they came to their father's house. They knocked at the door, and when the wife opened it and saw it was Hansel and Gretel she said, "You naughty children, why did you sleep in the wood for so long? We thought you were never coming home again!"

But their father was glad, for he was heart—broken at leaving them on their own in the woods.

No mucho tiempo después, hubo otra gran hambruna en esas zonas, y los niños escucharon a su madre que le decía a su padre por la noche en la cama:

—No queda nada. Sólo tenemos media hogaza de pan, eso es todo. Los niños deben irse. Los llevaremos más adentro del bosque esta vez para que no puedan volver a encontrar el camino de vuelta. No nos queda otra.

El hombre se sintió muy triste y pensó: "Lo mejor sería compartir el último bocado con mis hijos", pero su mujer no le escuchaba, sólo le echaba la bronca y le reprochaba. Ella le recordó que había estado de acuerdo con anterioridad, y que cuando un hombre promete algo una primera vez, lo tiene que hacer una segunda.

Not very long after that there was great famine once again in those parts, and the children heard their mother say in bed at night to their father, "Everything's gone. We only have half a loaf, then that's it. The children must go. We will take them further into the woods this time, so that they can't find the way back again; there is no other way for us to manage."

The man felt so very sad, and he thought, "The best thing would be to share one's last morsel with one's children." But his wife wouldn't listen to anything he said; she only scolded and reproached him. She reminded him that he had agreed to it before, and when a man has given in once he has to do it a second time.

Pero los niños no estaban dormidos y escucharon la conversación entera. Cuando los padres se fueron a dormir, Hansel se levantó y salió a coger más guijarros, tal y como había hecho antes; pero la mujer había cerrado la puerta con llave y no pudo salir. En lugar de eso, consoló a su pequeña hermana y dijo:

—No llores, Gretel, y duérmete tranquila. Dios nos ayudará.

But the children were not asleep, and heard the entire conversation. When the parents had gone to sleep Hansel got up to go out and get more pebbles, as he had before, but the wife had locked the door and Hansel couldn't get out. Instead, he comforted his little sister, and said, "Don't cry, Gretel, and go to sleep quietly. God will help us."

Al amanecer de la mañana siguiente, la mujer fue y sacó a los niños de la cama. Le dio a cada uno un trozo de pan (menos que la otra vez) y, de camino al bosque Hansel desmenuzó el pan en su bolsillo, parando de vez en cuando para tirar un pedazo al suelo.

Early the next morning the wife came and dragged the children out of bed. She gave them each a little piece of bread — less than last time — and on the way to the wood Hansel crumbled the bread in his pocket, stopping often to throw a crumb on the ground.

—Hansel, ¿por qué te quedas atrás y qué estás mirando? —preguntó el padre.

—Estoy mirando a mi pequeña paloma sentada en el tejado, diciéndome adiós —respondió Hansel.

—Tonto —dijo la mujer—, eso no es una paloma, es el brillo del sol de la mañana reflejado en la chimenea.

Hansel continuó como antes y desperdigó pedazos de pan a lo largo del camino.

"Hansel, why are you falling behind and what are you staring at?" their father asked.

"I am looking at my little dove sitting on the roof, saying goodbye to me," answered Hansel.

"You fool," said the wife, "that isn't a dove, it's the morning sun shining on the chimney pots."

Hansel went on as before, and scattered bread crumbs all along the road.

La mujer condujo a los niños lejos en el bosque, hasta un lugar donde nunca habían estado en su vida. Y de nuevo, hubo una gran hoguera, y la madre dijo:

—Quedaos ahí sentados, niños; y cuando estéis cansados, podéis dormir. Vamos a ir al bosque a cortar leña. Por la tarde, cuando estemos listos para ir a casa, vendremos a buscaros.

Cuando llegó el mediodía, Gretel compartió su trozo de pan con Hansel, quien lo había desperdigado a lo largo del camino. Se fueron a dormir, la tarde llegó y se fue, y nadie fue a buscar a los pobres niños. Se despertaron cuando la noche era realmente oscura, y Hansel consoló a su hermanita diciendo:

—Espera un poco, Gretel, hasta que salga la luna. Después encontraremos el camino a casa siguiendo los pedazos de pan que he desperdigado a lo largo del camino.

The woman led the children far into the woods, somewhere they'd never been before in their lives. And again there was a large fire, and the mother said, "Sit still there, you children, and when you're tired you can go to sleep. We're going into the forest to cut wood, and this evening, when we're ready to go home, we'll come and fetch you."

So, when noon came, Gretel shared her bread with Hansel, who had scattered his along the road. Then they went to sleep, and evening came and went, and no one came for the poor children. They woke when the night was really dark, and Hansel comforted his little sister saying, "Wait a little, Gretel, until the moon gets up, then we'll find the way home by following the crumbs of bread I've scattered along the road."

Se levantaron cuando salió la luna, pero no pudieron encontrar los trozos de pan porque los pájaros del bosque y del campo habían ido y los habían cogido. Hansel pensó que podrían encontrar el camino a casa de todas formas, pero no pudieron.

Caminaron toda la noche y al día siguiente, desde la mañana hasta la noche, pero no pudieron encontrar el camino para salir del bosque, y tenían mucha hambre. No habían comido nada más que unas pocas bayas que habían podido encontrar, y cuando estaban tan cansados que no podían ni arrastrarse para avanzar, se tumbaron bajo un árbol y se quedaron dormidos.

They got up when the moon rose, but they couldn't find any crumbs because the birds from the woods and fields had come and picked them up. Hansel thought they might find the way home anyway, but they couldn't.

They went on all night and the next day, from morning until evening, but they couldn't find the way out of the woods, and they were very hungry. They had eaten nothing but a few berries they'd been able to find. And when they were so tired that they couldn't longer drag themselves any further, they lay down under a tree and fell asleep.

Era la tercera mañana desde que se habían ido de la casa de su padre. Seguían intentando volver a casa, pero en lugar de eso, cada vez se adentraban más en el bosque, y habrían muerto de hambre si no hubieran recibido ayuda pronto.

Sobre el mediodía vieron a un precioso pájaro, blanco como la nieve, sobre una rama. Cantaba con tal dulzura que se pararon a escuchar. Cuando terminó, el pájaro abrió sus alas y voló en frente de ellos para que le siguieran, hasta que llegaron a una pequeña casa. El pájaro se posó en el tejado y, cuando se acercaron, vieron que la casa estaba hecha de pan, el tejado de galletas y la ventana era puro azúcar.

It was now the third morning since they had left their father's house. They kept trying to get back home, but instead they kept finding themselves deeper in the woods, and they would've starved if help hadn't soon come their way.

At about noon, they saw a pretty snow—white bird sitting on a bough, and singing so sweetly that they stopped to listen. And when he had finished, the bird spread his wings and flew in front of them, so they followed after him until they came to a little house. The bird perched on the roof, and when they came nearer they saw that the house was built of bread, the roof from cakes, and the window was pure sugar.

—Comamos algo de esto —dijo Hansel—, y comamos bien. Yo me comeré un trozo del tejado y tú, Gretel, puedes comerte un trozo de la ventana, sabrá dulce.

Hansel levantó el brazo y rompió un trozo del tejado sólo para probar a qué sabía, y Gretel se quedó cerca de la ventana y la mordió. Entonces oyeron una voz débil hablando desde dentro:

—Mordisquitos, mordisquitos, como un ratón, ¿quién está mordisqueando mi casa?

Y los niños respondieron:

—No te preocupes, es el viento.

"Let's have some of this," said Hansel, "and eat well. I'll eat a piece of the roof, Gretel, and you can have some of the window — that'll taste sweet."

So Hansel reached up and broke off a bit of the roof, just to see how it tasted, and Gretel stood by the window and chewed it. Then they heard a thin voice call out from inside, "Nibble, nibble, like a mouse, who is nibbling at my house?"

And the children answered, "Don't worry, it's the wind."

Y siguieron comiendo, sin parar ni para respirar. Hansel, que encontró el tejado muy sabroso, arrancó un trozo grande, y Gretel despegó un cristal redondo y se sentó a comérselo. De pronto, la puerta se abrió y una mujer vieja salió, apoyada en una muleta. Hansel y Gretel estaban muy asustados y dejaron caer lo que tenían en sus manos.

Sin embargo, la vieja asintió con la cabeza y dijo:

—Oh, mis queridos niños, ¿cómo habéis llegado hasta aquí? Debéis entrar y quedaros conmigo. No tendréis ningún problema.

Cogió a cada uno de la mano y los llevó al interior de su pequeña casa. Allí les sirvió una buena comida: leche y tortitas, azúcar, manzanas y nueces. Después de mostrarles dos pequeñas camas blancas, Hansel y Gretel se acostaron y creyeron estar en el cielo.

And they went on eating, without pausing for breath. Hansel, who found that the roof tasted very nice, took a great piece of it off, and Gretel pulled out a large round window—pane, and sat down to eat it. Then the door opened, and an old woman came out, leaning on a crutch. Hansel and Gretel felt very frightened, and dropped what they had in their hands.

The old woman, however, nodded her head, and said, "Ah, my dear children, how do you come to be here? You must come inside and stay with me. You won't be any trouble."

So, she took each of them by the hand, and led them into her little house. And there they found a good meal laid out — milk and pancakes, sugar, apples, and nuts. After that she showed them two little white beds, and Hansel and Gretel laid themselves down on them and thought they were in heaven.

A pesar de su amabilidad, la vieja mujer era una bruja malvada. Solía acechar a los niños pequeños y había construido la casita a propósito para atraerlos. Cuando estaban dentro, los mataba, los cocinaba, y se los comía, y ese era un día de fiesta para ella.

Los ojos de la bruja eran rojos y ella no veía muy bien de lejos, pero tenía un gran sentido del olfato, como los animales, y sabía muy bien cuando había humanos cerca.

Cuando sintió que Hansel y Gretel estaban llegando, soltó una carcajada malvada y dijo triunfante:

—¡Los tengo y no escaparán de mí!

Despite her kind behavior, the old woman was a wicked witch. She used to lie in wait for children, and had built the little house on purpose to entice them in. When they were inside, she would kill them, cook them, and eat them, and it was a feast day for her.

The witch's eyes were red, and she couldn't see very far, but she had a keen sense of smell, like animals, and knew very well when human beings were nearby.

When she sensed that Hansel and Gretel were coming, she gave an evil laugh and said triumphantly, "I've got them, and they won't escape from me!"

Por la mañana temprano, antes de que los niños se despertasen, se levantó para mirarlos, y mientras dormían plácidamente con las mejillas redondas y rosadas, se dijo a sí misma:

—¡Qué gran festín voy a tener!

Entonces agarró a Hansel con su mano debilitada y lo llevó a un pequeño establo, encerrándolo detrás de una reja. Llorar y gritar todo lo que podía no le sirvió de nada. Después, volvió donde estaba Gretel y la sacudió, gritando:

—Levántate, vaga. Vete a buscar agua y cocina algo rico para tu hermano. Está fuera, en el establo, y tiene que engordar. Cuando esté lo suficientemente gordo, me lo comeré.

Gretel comenzó a llorar amargamente, pero no sirvió de nada, tenía que hacer lo que la bruja le había dicho que hiciera.

Early in the morning, before the children were awake, she got up to look at them, and while they slept peacefully with round rosy cheeks, she said to herself, "What a fine feast I shall have!"

Then she grasped Hansel with her withered hand, and led him to a little stable, shutting him in behind a grating. Call and scream as he might, it did no good. Then she went back to Gretel and shook her, crying, "Get up, lazy bones. Fetch water, and cook something nice for your brother. He's outside in the stable, and has to be fattened up. And when he is fat enough, I'll eat him."

Gretel began to weep bitterly, but it was no use, she had to do what the wicked witch told her to do.

Entonces preparó la mejor comida para el pobre Hansel mientras a Gretel no le daba nada más que los caparazones de los cangrejos. Cada mañana la mujer visitaba el pequeño establo y gritaba:

—Hansel, estira tu dedo, así podré saber si pronto estarás lo suficientemente gordo.

And so the very best food was cooked for poor Hansel, while Gretel was given nothing but crab—shells. Each morning the old woman visited the little stable, and cried, "Hansel, stretch out your finger, so that I can tell if you'll soon be fat enough."

Hansel, sin embargo, le solía tender un pequeño hueso, y la vieja mujer, que no tenía buena vista, no podía ver qué era, y creyendo que era el dedo de Hansel se preguntaba con frecuencia por qué no engordaba. Tras cuatro semanas en las que Hansel parecía no engordar nada, perdió la paciencia y decidió no esperar más.

Hansel, however, used to hold out a little bone, and the old woman, who had poor eyesight, couldn't see what it was and, believing it to be Hansel's finger, wondered very much why it wasn't getting any fatter. After four weeks where Hansel seemed not to be getting any fatter at all, she lost patience and decided not to wait any longer.

—Ahora, Gretel —le gritó a la niña—, ve a buscar agua rápido. Gordo o flaco, mañana mataré a Hansel y lo cocinaré.

La pobre hermanita lloró y sus lágrimas rodaron por sus mejillas.

—¡Dios mío, ayúdanos! —exclamó—. Si al menos las fieras nos hubieran devorado en el bosque, al menos habríamos muerto juntos.

—Deja de lloriquear —dijo la vieja mujer—, no funcionará.

Al amanecer del día siguiente Gretel tuvo que levantarse, hacer el fuego y llenar el caldero.

"Now then, Gretel," she shouted at the little girl, "fetch water quickly. Whether Hansel is fat or lean, tomorrow I must kill and cook him."

His poor little sister cried and the tears flowed down her cheeks. "Dear God, pray help us!" she cried. "If we'd been devoured by wild beasts in the woods, at least we would have died together."

"Stop whining," said the old woman, "it won't work."

Early the next morning Gretel had to get up, make the fire, and fill the kettle.

—Hornearemos el pan primero —dijo la vieja mujer—. Ya he calentado el horno, y amasado la masa.

Empujó a la pobre Gretel hacia el horno, donde las llamas ya estaban crepitando.

—Entra —dijo la bruja—, y mira si el horno está lo suficientemente caliente como para hornear el pan.

La bruja pretendía encerrarla y hornearla una vez estuviese dentro. Entonces, se la comería a ella también. Pero gretel había descubierto lo que pretendía y dijo:

—No sé cómo meterme.

"We'll bake the bread first," said the old woman. "I've heated the oven already, and kneaded the dough."

She pushed poor Gretel towards the oven, from which the flames were already leaping.

"Get inside," said the witch, "and see if it's really hot enough to bake the bread."

The witch intended to shut her in and bake her once she was in there. Then she would have eaten her as well. But Gretel had worked out what she intended and said, "I don't know how to get in."

—Boba —dijo la bruja—, la entrada es lo suficientemente grande, ¿no la ves? ¡Yo misma podría entrar!

Se agachó y metió la cabeza en la boca del horno. Entonces Gretel le dio un empujón y entró hasta el fondo. Gretel cerró la puerta de hierro rápido tras ella y puso una barra atravesada. ¡Oh, qué espantosos aullidos daba! Pero Gretel huyó y dejó a la malvada bruja quemándose.

Gretel fue directamente hacia donde estaba Hansel, abrió la puerta del establo y exclamó:

—¡Hansel, somos libres! ¡La vieja bruja está muerta!

Hansel salió como un pájaro de su jaula tan pronto como se abrió la puerta.

"Stupid goose," said the old woman, "the opening is big enough, don't you see? I could get in myself!"

And she bent down and put her head in the oven's mouth. Then Gretel gave her a push, so that she went in further, then quickly shut the iron door behind her, and put the bar across. Oh, how frightfully she howled! But Gretel ran away, and left the wicked witch to burn miserably.

Gretel went straight to Hansel, opened the stable door, and cried, "Hansel, we're free! The old witch is dead!"

Then Hansel flew out like a bird from its cage as soon as the door was opened.

¡Estaban encantados! Se abrazaron, bailaron y saltaron. Como no tenían nada más a lo que temer, entraron a la casa de la bruja de nuevo; y en todos los sitios donde miraron encontraron cofres de perlas y piedras preciosas.

They were overjoyed! They hugged each other and danced and jumped about. And as they had nothing more to fear, they went back into the old witch's house, and everywhere they looked they found chests of pearls and precious stones.

—Esto es mejor que los guijarros —dijo Hansel mientras llenaba sus bolsillos.

Gretel, pensando que ella también llevaría algo a casa, llenó su delantal.

—Ahora vámonos —dijo Hansel—, y salgamos de este bosque encantado.

Después de caminar durante algunas horas, llegaron a un gran río.

"This is better than pebbles," said Hansel, as he filled his pockets and Gretel, thinking she'd also like to carry something home with her, filled up her apron.

"Now, away we go," said Hansel, "and let's get out of this enchanted forest."

After traveling for a few hours, they came upon a big river.

—No podemos cruzar esto —dijo Hansel—, no veo ninguna piedra ni puente.

—Tampoco hay ningún bote —dijo Gretel—. Aunque por allí viene un pato blanco. Si le pregunto, nos ayudará.

Entonces gritó:

—Pato, patito, estamos aquí, Hansel y Gretel, sin piedras ni puente. Por favor, llévanos en tu blanca espalda.

El pato se aproximó, y Hansel se subió y le dijo a su hermanita que subiera también.

—No —respondió Gretel—, sería mucho peso para el pato. Podemos ir separados, uno después del otro.

"We can't cross this," said Hansel, "I can't see any stepping stones or a bridge."

"And there's no boat either," said Gretel. "Here comes a white duck, though. If I ask her, she'll help us over." So she shouted, "Duck, little duck, we're here, Hansel and Gretel, without stepping stones or a bridge. Please carry us over on your nice white back."

So the duck came over, and Hansel got up on her and told his sister to come too.

"No," answered Gretel, "that would be too hard for the duck. We can go separately, one after the other."

Así fue como ocurrió, y después continuaron felices hasta que llegaron al bosque, y el camino se hizo más y más familiar hasta que por fin vieron la casa de su padre a lo lejos.

Entonces echaron a correr hacia ella, entraron por la puerta y cayeron sobre los brazos de su padre. El hombre no había tenido un solo momento de paz desde que había abandonado a sus hijos en el bosque, y ahora la mujer estaba muerta.

Cuando Gretel abrió su delantal, las perlas y piedras preciosas se desperdigaron por toda la habitación. Hansel sacó un puñado tras otro de su bolsillo. Desde ese momento, todas las preocupaciones se acabaron, y vivieron felices para siempre.

So that was how it happened, and after that they went on happily until they came to the woods and the path became more and more familiar, until at last they saw their father's house in the distance.

Then they ran up to it, rushed in the door, and fell into their father's arms. He hadn't known a moment's peace since he'd left his children in the woods. And his wife was now dead.

When Gretel opened her apron the pearls and precious stones scattered all over the room, and Hansel took one handful after another out of his pocket. And from that moment on their worries were over, and they lived together very happily.

CHAPTER "GOOD WILL"

Helping others without expectation of anything in return has been proven to lead to increased happiness and satisfaction in life.

We would love to give you the chance to experience that same feeling during your reading or listening experience today...

All it takes is a few moments of your time to answer one simple question:

> **Would you make a difference in the life of someone you've never met—without spending any money or seeking recognition for your good will?**

If so, we have a small request for you.

If you've found value in your reading or listening experience today, we humbly ask that you take a brief moment right now to leave an honest review of this book. It won't cost you anything but 30 seconds of your time—just a few seconds to share your thoughts with others.

Your voice can go a long way in helping someone else find the same inspiration and knowledge that you have.

Scan the QR code below:

OR

 Visit the link below:
https://geni.us/x4mK8e

HISTORIA 6: RICITOS DE ORO Y LOS TRES OSOS

STORY 6: GOLDILOCKS AND THE THREE BEARS

Había una vez tres osos que vivían en una casa en el bosque. Estaba el gran papá oso, una mamá osa de tamaño mediano y un pequeño bebé oso. Una mañana, sus gachas del desayuno estaban demasiado calientes para comérselas, así que decidieron ir a dar un paseo por el bosque.

Once upon a time there were three bears that lived in a house in the forest. There was a great big father bear, a middle—sized mother bear, and a tiny baby bear.

One morning, their breakfast porridge was too hot to eat, so they decided to go for a walk in the forest.

Mientras estaban fuera, una niña llamada Ricitos de Oro atravesó los árboles y encontró la casa. Llamó a la puerta y, como no obtuvo respuesta, la abrió y entró.

While they were out, a little girl called Goldilocks came through the trees and found their house. She knocked on the door and, as there was no answer, she pushed it open and went inside.

Había una mesa con tres sillas: una silla grande, una mediana y una pequeña. En la mesa había tres tazones de gachas: un tazón grande, un tazón mediano y un tazón pequeño; y tres cucharas.

There was a table with three chairs — one large chair, one middle—sized chair, and one small chair. On the table were three bowls of porridge — one large bowl, one middle—sized bowl, and one small bowl — and three spoons.

Ricitos de Oro tenía hambre y las gachas tenían buena pinta, así que se sentó en la silla grande, cogió la cuchara grande y probó las gachas del tazón grande. Sin embargo, la silla era muy grande y dura, la cuchara pesaba mucho y las gachas estaban demasiado calientes.

Ricitos de Oro se bajó rápidamente y se sentó en la silla mediana; pero esa silla era demasiado blanda, y cuando probó las gachas del tazón mediano, estaban demasiado frías. Entonces, se sentó en la silla pequeña, cogió la cuchara más pequeña y probó las gachas del tazón pequeño.

Esta vez no estaban ni demasiado calientes ni demasiado frías. Estaban perfectas, y tan deliciosas que se las comió todas. Sin embargo, ella era muy pesada para la silla pequeña, y ésta se rompió en pedazos bajo su peso.

Goldilocks was hungry and the porridge looked good, so she sat in the great big chair, picked up the large spoon, and tried some of the porridge from the big bowl. But the chair was very big and very hard, the spoon was heavy, and the porridge was too hot.

Goldilocks jumped down quickly and went over to the middle—sized chair. But this chair was far too soft, and when she tried the porridge from the middle—sized bowl it was too cold. So, she went over to the little chair, picked up the smallest spoon and tried some of the porridge from the tiny bowl.

This time it was neither too hot nor too cold. It was just right, and it was so delicious that she ate it all up. But she was too heavy for the little chair and it broke into pieces under her weight.

Después, Ricitos de Oro fue al piso de arriba y encontró tres camas. Había una cama grande, una cama mediana y una cama pequeña. Se empezó a sentir bastante cansada, así que se subió a la cama grande y se tumbó. La cama grande era muy dura y demasiado grande. Entonces, probó la cama mediana, pero era demasiado blanda. Por último, subió a la cama pequeña. No era ni demasiado dura ni demasiado blanda. De hecho, era perfecta, cómoda y calentita. Y sin esperar ni un segundo, Ricitos de Oro se quedó dormida.

Next, Goldilocks went upstairs and found three beds. There was a great big bed, a middle—sized bed, and a tiny little bed. By now she was feeling rather tired. So she climbed into the big bed and lay down. The big bed was very hard and far too big. Then she tried the middle—sized bed, but that was far too soft. So she climbed into the tiny little bed. It was neither too hard nor too soft. In fact, it felt just right, all cozy and warm. And in no time at all, Goldilocks fell fast asleep.

Mientras Ricitos de Oro dormía, los tres osos volvieron de su paseo por el bosque. Vieron de forma inmediata que alguien había abierto la puerta de su casa. Papá oso miró a su alrededor. Miró su tazón de gachas y vio la cuchara dentro, entonces dijo con su gran voz gruñona:

—¡ALGUIEN SE HA ESTADO COMIENDO MIS GACHAS!

Tras esto, la mamá oso vio que su tazón tenía una cuchara dentro y dijo en voz baja:

—Alguien se ha estado comiendo mis gachas.

El pequeño osito miró su tazón de gachas y dijo con su pequeña y chillona voz de bebé:

—Alguien se ha estado comiendo mis gachas y se las ha comido todas.

While Goldilocks was sleeping, the three bears came back from their walk in the forest. They saw at once that someone had pushed open the door of their house. Father Bear looked around. He looked at his bowl of porridge and saw the spoon in it, and said in his great big growly voice:

"SOMEBODY HAS BEEN EATING MY PORRIDGE!"

Then Mother Bear saw that her bowl had a spoon in it, and said in her quiet voice:

"Somebody has been eating my porridge."

Little Bear looked at his porridge bowl and said in his small, squeaky baby voice:

"Somebody has been eating my porridge, and has eaten it all up."

Entonces, miraron a sus sillas. Papá oso miró a su alrededor y rugió con una voz gruñona:

— ¡ALGUIEN SE HA SENTADO EN MI SILLA!

Mamá oso dijo con voz tranquila y dulce:

— Alguien se ha sentado en mi silla.

El pequeño osito dijo con su pequeña y chillona voz de bebé:

— ¡Alguien se ha sentado en mi silla y la ha roto!

Then they looked at their chairs. Father Bear looked around and roared with a growly voice.

"SOMEBODY HAS BEEN SITTING IN MY CHAIR!"

Mother Bear said in a quiet, gentle voice:

"Somebody has been sitting in my chair."

Then Little Bear said in small, squeaky baby voice:

"Somebody has been sitting in my chair and has broken it!"

Al ver que allí no había nadie, los tres osos subieron al piso de arriba. Papá oso echó un vistazo y vio su cama deshecha. Entonces dijo con su gran voz gruñona:

— ¡ALGUIEN HA ESTADO DURMIENDO EN MI CAMA!

Mamá oso vio que su cama también tenía las sábanas echadas hacia atrás. Entonces, dijo con su voz tranquila y amable:

— Alguien ha estado durmiendo en mi cama.

El osito pequeño miró hacia su cama y gritó con su voz chillona de bebé:

— ¡Alguien está durmiendo en mi cama!

Then, as they couldn't see anybody, the three bears went upstairs. Father Bear saw at once that his bed was untidy, and he said in his great big growly voice:

"SOMEBODY HAS BEEN SLEEPING IN MY BED!"

Mother Bear saw that her bed, too, had the bedclothes turned back, and she said in her quiet, gentle voice:

"Somebody has been sleeping in my bed!"

Then Little Bear looked at his bed and shouted in his squeaky baby voice:

"Somebody is sleeping in my bed!"

Chilló tan fuerte que Ricitos de Oro se despertó de un sobresalto. Saltó de la cama, salió por la ventana y corrió tan rápido como pudo hacia el bosque. Los tres osos no volvieron a verla y Ricitos de Oro nunca más entró en casa de nadie sin permiso.

He squeaked so loudly that Goldilocks woke up with a start. She jumped out of bed, then out of the window, running as fast as she could into the forest. The three bears never saw her again, and Goldilocks never went into somebody's house without permission again.

HISTORIA 7: EL TRAJE NUEVO DEL EMPERADOR

STORY 7: THE EMPEROR'S NEW SUIT

Hace muchos, muchos años vivía un emperador al que le gustaba tanto la ropa nueva que se gastaba todo su dinero en ella. Su única ambición era ir siempre bien vestido. No se preocupaba por sus soldados y el teatro no le entretenía. De hecho, lo único que disfrutaba era salir y mostrar un traje nuevo. Tenía un abrigo para cada hora del día y, mientras que se suele decir que el rey está "con su consejo", sobre este, se diría "el emperador está en su vestidor".

Many, many years ago there lived an emperor who liked new clothes so much that he spent all his money on them. His sole ambition was to be well dressed at all times. He didn't care for his soldiers, and theater didn't amuse him. In fact, the only thing he enjoyed was going out and about and showing off a new suit of clothes. He had a coat for every hour of the day and, whereas one would usually say that a king was "with his council," about this one you would say "the emperor's in his dressing—room."

La gran ciudad donde vivía era muy alegre. Todos los días llegaban muchos forasteros de todas las partes del mundo. Un día, dos ladrones llegaron a la ciudad. Hicieron creer a la gente que eran tejedores y anunciaron que podían fabricar la mejor tela que pudiera imaginarse. Sus colores y estampados, decían, no sólo eran excepcionales, sino también preciosos, pero la ropa que confeccionaban tenía la maravillosa cualidad de ser invisible para cualquier hombre incapaz de desempeñar su oficio o con falta de inteligencia.

The great city where he lived was very lively. Every day many strangers arrived from all parts of the globe. One day, two thieves came to the city. They made people believe that they were weavers and declared they could manufacture the finest cloth to be imagined. Their colors and patterns, they said, were not only exceptionally beautiful, but the clothes they made possessed the wonderful quality of being invisible to any man who was unfit for his office or lacking in intelligence.

"Esas prendas deben ser fantásticas", pensó el emperador. "Si me vistiese con un traje hecho de esa tela, sería capaz de averiguar qué hombres de mi imperio son indignos de su posición, y podría distinguir la inteligencia de la estupidez. Debo tener esa tela tejida para mí de forma inmediata".

Y les dio a los ladrones una gran cantidad de dinero para que pudieran empezar a trabajar de inmediato.

Los ladrones instalaron dos telares y fingieron trabajar duro, pero no hicieron nada en absoluto en los telares. Pidieron la mejor seda y la tela de oro más preciada. Vendieron todo lo que se les dio y trabajaron en los telares vacíos hasta bien entrada la noche.

"Those clothes must be wonderful," thought the emperor. "If I were dressed in a suit made from this cloth, I'd be able to find out which men in my empire were unfit for their positions, and I could distinguish the clever from the stupid. I must have this cloth woven for me without delay."

And he gave a large sum of money to the thieves, up front, so that they could start work immediately.

They set up two looms, and pretended to be very hard at work, but they did nothing whatsoever on the looms. They asked for the finest silk and the most precious gold cloth. They sold everything they were given, and worked at the empty looms until late at night.

Tras unos días, el emperador quiso saber cómo progresaban los dos tejedores.

Sin embargo, se sintió bastante incómodo cuando recordó que cualquiera que no fuese apto para su cargo no podría ver la tela. Personalmente, creía que no tenía nada a lo que temer. Aun así, creyó aconsejable enviar a alguien primero para que viera cómo iban las cosas. Todo el mundo en la ciudad sabía de la remarcable calidad que poseía la tela, y todos estaban ansiosos por ver cuán malos o estúpidos eran sus vecinos.

After some days, the emperor wanted to know how the two weavers were progressing.

But he felt rather uneasy when he remembered that anyone who was not fit for his office couldn't see the cloth. Personally, he believed that he had nothing to fear, yet he thought it advisable to send somebody else first to see how things were. Everybody in the town knew what a remarkable quality the cloth possessed, and all were anxious to see how bad or stupid their neighbors were.

"Enviaré a mi viejo y honesto ministro a visitar a los tejedores", pensó el emperador. "Él es quien mejor puede juzgar cómo luce la tela, ya que es inteligente, y nadie entiende su cargo mejor que él".

El buen viejo ministro entró en la habitación donde los ladrones estaban sentados ante los telares vacíos.

"¡Que el cielo nos guarde!", pensó, y abrió mucho los ojos. "No puedo ver nada en absoluto"; pero no lo dijo.

Los dos ladrones lo invitaron a acercarse y le preguntaron si admiraba el exquisito estampado y los preciosos colores, mientras señalaban a los telares vacíos. El pobre viejo ministro lo intentó con todas sus fuerzas, pero no pudo ver nada porque no había nada que ver.

"Dios mío", pensó, "¿puedo ser tan estúpido? Nunca lo hubiera pensado, ¡y nadie debe saberlo! ¿Es posible que sea indigno de mi cargo? No, no, no puedo decir que no fui capaz de ver la tela".

"I shall send my honest old minister to the weavers," thought the emperor. "He can judge best how the cloth looks, for he's intelligent, and nobody understands his office better than he does."

The good old minister went into the room where the thieves sat at the empty looms.

"Heaven preserve us!" he thought, and opened his eyes wide, "I can't see anything at all," but he didn't say so.

Both thieves invited him to come nearer and asked him if he didn't admire the exquisite pattern and beautiful colors, pointing to the empty looms. The poor old minister tried his very best, but he couldn't see anything because there wasn't anything to see.

"Oh dear," he thought, "can I be so stupid? I would never have thought so, and nobody must know! Is it possible that I'm not fit for my office? No, no, I can't say that I wasn't able to see the cloth."

—Bueno, ¿qué opina? —le preguntó uno de los ladrones, mientras fingía que estaba ocupado tejiendo.

—Oh, es muy bonita. Extremadamente hermosa —contestó el viejo ministro, que miraba a través de sus gafas—. ¡Qué precioso estampado, qué colores más brillantes! Le diré al emperador que me gusta mucho la tela.

—Estamos encantados de oír eso —dijeron los dos tejedores, describiendo los colores y explicando el curioso estampado.

El viejo ministro escuchó con atención para poder repetir al emperador lo que ellos habían dicho, y así lo hizo.

"Now, what do you think?" one of the thieves asked him, while pretending to be busy weaving.

"Oh, it is very pretty, exceedingly beautiful," replied the old minister looking through his glasses. "What a beautiful pattern, what brilliant colors! I shall tell the emperor that I like the cloth very much."

"We are pleased to hear that," said the two weavers, describing the colors and explaining the curious pattern.

The old minister listened attentively, so that he'd be able to relate what they'd said to the emperor. And so he did.

Los ladrones pidieron más dinero, seda y tela de oro: todo lo que necesitaban para fabricar su tela. Se quedaron con todo y ni un solo hilo estuvo cerca del telar, aunque continuaron como antes, trabajando en los telares vacíos.

Poco después, el emperador mandó a otro honesto cortesano que visitara a los tejedores para ver cómo avanzaban y saber si la tela estaba casi terminada. Al igual que el viejo ministro, miró y miró, pero no pudo ver nada, ya que no había nada que ver.

The thieves asked for more money, silk and gold cloth, all of which they required to weave this fabric. They kept everything for themselves and not a thread came near the loom, but they continued as before to work at the empty looms.

Soon afterwards, the emperor sent another honest courtier to the weavers to see how they were getting on and if the cloth was nearly finished. Like the old minister, he looked and looked but couldn't see anything, as there wasn't anything to see.

—¿No es una tela preciosa? —preguntaron los dos ladrones, mostrando y explicando el soberbio estampado, que obviamente no existía.

"No soy estúpido", pensó el hombre, "por lo tanto, no soy digno de mi buen oficio. Es muy extraño, pero no debo dejar que nadie lo sepa", y elogió la tela que no podía ver, expresando su alegría por los preciosos colores y el exquisito estampado.

—Es, en verdad, excelente —le dijo al emperador.

Todo el mundo en la ciudad hablaba de la maravillosa tela.

"Isn't it a beautiful piece of cloth?" asked the two thieves, showing and explaining the magnificent pattern, which obviously didn't exist.

"I'm not stupid," thought the man. "I'm therefore not fit for my good appointment. It's very strange, but I mustn't let anyone know," and he praised the cloth, which he couldn't see, and expressed his joy at the beautiful colors and the fine pattern.

"It's truly excellent," he said to the emperor.

Everybody throughout the town talked about the precious cloth.

Al fin, el emperador deseó verla en persona, mientras todavía estaba en el telar. Fue, junto con algunos cortesanos, incluidos los dos hombres que ya habían estado allí, a ver a los dos astutos ladrones, que trabajaban tan duro como podían sin usar ningún hilo.

—¿No es magnífica? —preguntaron los dos hombres que habían estado allí antes—. Su majestad debe admirar los colores y estampados.

Y luego señalaron a los telares vacíos, ya que creían que todos los demás podían ver la tela.

At last the emperor wished to see it himself, while it was still on the loom. With a number of courtiers, including the two who had already been there, he went to the two clever thieves who worked as hard as they could without using any thread.

"Is it not magnificent?" asked the two old statesmen who had been there before. "Your Majesty must admire the colors and patterns."

And then they pointed to the empty looms, because they believed everybody else could see the cloth.

"¿Qué es esto?", se preguntó el emperador, "no puedo ver nada en absoluto. ¡Esto es terrible! ¿Soy estúpido? ¿No soy digno de ser emperador? Eso sería, de hecho, lo peor que me podría pasar".

—En verdad —dijo, girándose hacia los tejedores—, vuestra tela tiene nuestra más sincera aprobación.

Asintió satisfecho mientras miraba hacia el telar vacío porque no quería decir que no podía ver nada. Todos los allí presentes miraban y miraban, y aunque tampoco podían ver nada, dijeron, al igual que el emperador:

—Es muy bonita.

Y todo el mundo le aconsejó ponerse ese traje maravilloso en la gran procesión, que llegaría pronto.

"What is this?" wondered the emperor, "I can't see anything at all. This is terrible! Am I stupid? Am I unfit to be emperor? That would indeed be the most dreadful thing that could happen to me."

"Really," he said, turning to the weavers, "your cloth has our most gracious approval."

He nodded contentedly as he looked at the empty loom because he didn't want to say that he couldn't see anything. All the attendants with him looked and looked, and although they couldn't see any more than the others, they said, like the emperor, "It is very beautiful."

And everybody advised him to wear the new magnificent clothes at a great procession which was happening soon.

—¡Es magnífica, preciosa, excelente! —decían.

Todo el mundo parecía estar encantado, y el emperador nombró a los dos ladrones "Tejedores de la corte imperial".

Durante toda la noche anterior a la procesión, los ladrones fingieron que trabajaban y gastaron más de dieciséis velas.

La gente veía que estaban trabajando para acabar el traje nuevo del emperador. Pretendían coger la tela del telar y trabajar moviendo las tijeras en el aire, tejiendo con agujas y sin hilo. Al fin dijeron:

—El traje del emperador está listo.

"It's magnificent, beautiful, excellent!" they were heard to say.

Everybody seemed to be delighted, and the emperor appointed the two thieves "Imperial Court Weavers."

Throughout the night before the procession, the thieves pretended to work and burned through more than sixteen candles.

People would see that they were working away to finish the emperor's new suit. They pretended to take the cloth from the loom, and worked about in the air with big scissors, sewing with needles and no thread, and said at last: "The emperor's new suit is ready now."

El emperador y todos sus barones llegaron a la sala. Los ladrones levantaron sus brazos, como si estuvieran sujetando algo en sus manos y dijeron:

—¡Aquí están los pantalones! ¡Este es el abrigo! ¡Aquí está la capa! —etcétera.

—Son tan ligeras como una telaraña, y uno se siente como si no llevara nada en absoluto, pero eso forma parte de su belleza.

—¡Es cierto! —dijeron los cortesanos, aunque no podían ver nada porque no había nada que ver.

The emperor and all his barons then came to the hall. The thieves held their arms up as if they were holding something in their hands and said: "These are the trousers!" "This is the coat!" and "Here is the cloak!" and so on. "They are all as light as a cobweb, and one feels as if one were wearing nothing at all, but that is just part of their beauty."

"Indeed!" all the courtiers said, but they couldn't see anything, for there wasn't anything to see.

—Si Vuestra Alteza tiene la bondad de desnudarse —preguntaron los ladrones—, para que podamos ayudar a Su Majestad a ponerse el nuevo traje antes de que se mire en el gran espejo.

El emperador se desvistió y los estafadores fingieron ponerle el nuevo traje, una pieza tras otra, mientras el emperador se miraba a sí mismo en el espejo desde todos los ángulos.

—¡Qué bien te queda! ¡Qué bien te sienta! —dijo todo el mundo—. ¡Qué estampado tan bonito! ¡Qué colores! ¡Es un traje magnífico!

El maestro de ceremonias anunció que los portadores del dosel, que sería llevado en la procesión, estaban listos.

"Does it please your Majesty to undress now," the thieves asked, "so that we may assist your Majesty in putting on the new suit before the large looking glass?"

The emperor undressed, and the swindlers pretended to dress him in the new suit, one piece after another, while the emperor looked at himself in the glass from every side.

"How well they look! How well they fit!" everyone said. "What a beautiful pattern! What fine colors! That is a magnificent suit of clothes!"

The master of ceremonies announced that the bearers of the canopy, which would be carried in the procession, were ready.

—Estoy listo —dijo el emperador—. ¿No me sienta el traje maravillosamente?

Volvió a mirarse en el espejo para que la gente pensara que estaba admirando su traje. Los chambelanes, quienes iban a llevar la cola, estiraron sus manos hacia el suelo como si estuvieran agarrando una cola, y fingieron levantar algo con sus manos. No querían que la gente supiera que no podían ver nada.

"I am ready," said the emperor. "Doesn't my suit fit me brilliantly?"

Then he turned once more to the looking glass, so that people would think he was admiring his garments. The chamberlains, who were to carry the train, stretched their hands to the ground as if they were lifting a train, and pretended to hold something in their hands. They didn't want people to know that they couldn't see anything.

El emperador desfiló en la procesión bajo su precioso dosel, y todos los que lo veían en la calle y por las ventanas exclamaban:

—¡Es verdad, el traje nuevo del emperador es incomparable! ¡Qué cola más larga tiene! ¡Qué bien le queda!

Nadie quería admitir a los demás que no veían nada, porque serían considerados indignos de su cargo o demasiado estúpidos. Nunca hubo un traje nuevo de un emperador que se hubiera admirado más.

The emperor marched in the procession under the beautiful canopy, and all who saw him in the street and out of the windows exclaimed: "Indeed, the emperor's new suit is incomparable! What a long train he has! How well it fits him!"

Nobody wanted to admit to others that they saw nothing, because then they would have been considered unfit for office or just too stupid. Never were an emperor's new clothes admired more.

—Pero si no lleva nada puesto —dijo un niño pequeño al final.

—¡Santo cielo! Escuchen la voz de un niño inocente —dijo el padre.

Entonces, una persona susurró a la de al lado lo que había dicho el niño.

—Pero si no lleva nada puesto —dijo todo el mundo al fin.

Esto afectó profundamente al emperador, ya que creía que tenían razón. Sin embargo, pensó, "ahora debo continuar hasta el final".

Y los chambelanes caminaron con gran dignidad, mientras fingían llevar la cola imaginaria.

"But he has nothing on at all," said a little child at last.

"Good heavens! Listen to the voice of an innocent child," said the father, and then one person whispered to the next what the child had said.

"But he has nothing on at all," everybody cried at last.

That affected the emperor deeply because he believed them to be right. But he thought to himself, "Now I must keep going right to the end."

And the chamberlains walked with even greater dignity, as they pretended to carry the imaginary train.

HISTORIA 8: EL SOLDADITO DE PLOMO

STORY 8: THE BRAVE TIN SOLDIER

Había una vez veinticinco soldaditos de plomo, hermanos todos, ya que habían salido de la misma vieja cuchara de hojalata. Llevaban armas al hombro, miraban al frente y vestían un espléndido uniforme rojo y azul. La primera cosa que escucharon fueron las palabras "¡Soldaditos de plomo!" pronunciadas por un niño pequeño, quien aplaudía con deleite cuando la tapa de la caja donde estaban metidos se abría. Se los dieron como regalo de cumpleaños, y se puso en pie junto a la mesa para colocarlos. Los soldados eran idénticos, excepto uno, que sólo tenía una pierna. Había sido el último en fabricarse, y no quedaba suficiente estaño derretido como para terminarlo, así que hicieron que se quedara erguido sobre una sola pierna, lo que lo hacía único.

Once upon a time there were twenty—five tin soldiers, all brothers because they had all been made out of the same old tin spoon. They shouldered arms and looked straight ahead, and wore a splendid red and blue uniform. The first thing they ever heard were the words "Tin soldiers!" uttered by a little boy, who clapped his hands with delight when the lid of the box they were in was taken off. He was given them as a birthday present, and he stood at the table to set them up. The soldiers were all exactly alike, except one, who only had one leg. He had been left to last, and there wasn't enough melted tin to finish him off, so they made him to stand firmly on one leg, which meant that he stood out.

Había muchos otros juguetes en la mesa donde estaban los soldaditos de plomo, pero lo que llamó su atención fue un pequeño castillo de papel. Las habitaciones se podían ver a través de las pequeñas ventanas y, en frente del castillo, unos árboles pequeños rodeaban un trozo de espejo que debía parecer un un lago cristalino. Unos cisnes hechos de cera nadaban en el lago, y sus reflejos se veían en él. Todo era muy bonito, pero lo más bonito de todo era una señorita que se erguía frente a la puerta abierta del castillo. Estaba también hecha de papel y llevaba un vestido de muselina clara, con una estrecha cinta azul puesta sobre los hombros, como una bufanda. También llevaba una rosa de oropel brillante, tan grande como su cara. La señorita era una bailarina y tenía ambos brazos extendidos. Una de sus piernas se elevaba tan alto que

el soldadito de plomo no podía verla, y pensaba que ella, como él, solo tenía una pierna.

There were many other toys on the table where the tin soldiers stood, and the thing that caught the eye was a pretty little paper castle. The rooms could be seen through the small windows and, in front of the castle, a number of little trees surrounded a piece of looking glass which was supposed to look like a clear lake. Swans made of wax swam on the lake, and their reflections were visible in it. This was all very pretty, but the prettiest thing of all was a tiny little lady who stood at the open door of the castle. She was also made of paper, and she wore a dress of clear muslin, with a narrow blue ribbon worn over her shoulders like a scarf. She also wore a glittering tinsel rose, which was as large as her face. The little lady was a dancer, and she stretched out both arms and raised one of her legs so high that the tin soldier couldn't see it and he thought that she, like himself, only had one leg.

"Esa es la mujer ideal para mí", pensó. "Pero es demasiado espléndida; y vive en un castillo, mientras que yo vivo en una caja con otros veinticuatro, no hay sitio para ella. Aun así, tengo que conocerla".

Se acostó en la mesa, detrás de una caja de rapé, para así poder mirar a la elegante señorita, que seguía de pie y en equilibrio sobre una sola pierna.

"That is the wife for me," he thought. "But she is too grand, and lives in a castle, while I live in a box with twenty—four others, and that's no place for her. Still, I have to try to meet her."

Then he lay down on the table behind a snuff—box so that he could watch the delicate little lady who was still standing and balancing on one leg.

Cuando llegó la noche, a los otros soldaditos de plomo los metieron en su caja y toda la gente de la casa se fue a dormir. Entonces, los juguetes comenzaron a jugar a sus propios juegos, se visitaban unos a otros, se peleaban de broma y jugaban a juegos con la pelota. Los soldaditos se agitaban en su caja: querían salir y unirse a la diversión, pero no podían abrir la tapa. Los cascanueces jugaban a saltar la rana, y el lápiz saltaba sobre la mesa. Había tanto ruido que el canario se levantó y empezó a hablar de forma poética. Sólo el soldadito de plomo y la bailarina se mantenían en su sitio. Ella estaba de puntillas con la pierna estirada, tan firme como lo estaba él sobre su única pierna. Él no le quitó los ojos de encima ni por un momento.

When night came, the other tin soldiers were all placed in their box, and the people of the house went to bed. Then the toys began to play their own games, visiting each other, having mock fights, and playing ball games. The tin soldiers rattled in their box: they wanted to get out and join in the fun but they couldn't open the lid. The nutcrackers played leap—frog, and the pencil jumped about on the table. There was such a noise that the canary woke up and began to talk poetically. Only the tin soldier and the dancer remained in their places. She stood on tiptoe, as firmly as he did on his one leg, with her leg stretched out. He didn't take his eyes off her for even a moment.

El reloj dio las doce y, de golpe, la tapa de la caja de rapé se abrió. En lugar de tabaco, un pequeño duende negro apareció, ya que la caja de tabaco era en realidad una caja con resorte.

—Soldadito de plomo —dijo el duende—, no desees lo que no es para ti. Pero el soldadito hizo como que no escuchaba.

—Muy bien, espera hasta mañana entonces —dijo el duende.

The clock struck twelve and, with a bounce, the lid of the snuffbox sprang open. Instead of snuff, though, a little black goblin appeared because the snuffbox was actually a toy puzzle.

"Tin soldier," said the goblin, "don't wish for what doesn't belong to you." But the tin soldier pretended not to hear.

"Very well, wait until tomorrow, then," the goblin said.

Cuando los niños se levantaron al día siguiente, pusieron al soldadito de plomo cerca de la ventana. No sabemos si fue el duende quien lo hizo, o fue la corriente, pero la ventana se abrió y el soldadito de plomo se precipitó de cabeza desde el tercer piso de la casa hacia la calle. Fue una caída terrible: de cabeza, su casco y su bayoneta se clavaron entre dos adoquines, y su única pierna quedó erguida en el aire.

La sirvienta y el niño bajaron rápido las escaleras para buscarlo, pero no lo vieron por ningún lado, aunque casi lo pisan. Si él hubiese gritado "estoy aquí", todo hubiera ido bien, pero era demasiado orgulloso como para suplicar ayuda con el uniforme puesto.

When the children came in the next morning, they placed the tin soldier by the window. Now, whether it was the goblin who did it or the draft, we don't know; but the window flew open and the tin soldier fell out, head over heels, from the third storey of the house to the street below. It was a terrible fall, head first, and his helmet and bayonet got stuck between the flagstones, and his one leg was up in the air.

The maid and the little boy went down stairs straightaway to look for him but they couldn't see him anywhere, even though they nearly trod on him. If he had called out, "I'm here," it would have been all right, but he was too proud to cry out for help when in uniform.

Pronto empezó a llover, y las gotas caían más y más fuerte, hasta que la lluvia se convirtió en un aguacero torrencial. Cuando dejó de llover, dos niños pasaron por la calle y uno de ellos dijo:

—Mira, hay un soldadito de plomo. Necesita un barco para navegar.

It soon began to rain, and the raindrops fell faster and faster, until there was a heavy shower. When it was over, two boys happened to pass by, and one of them said, "Look, there's a tin soldier. He needs a boat to sail in."

Construyeron un barco con un periódico, colocaron al soldadito dentro y lo pusieron a navegar por el canalón. Los dos chicos corrieron mientras daban palmas. Por suerte, la lluvia había sido tan fuerte que había grandes olas en el canalón y el agua corría muy rápido. El barco de papel

se balanceó hacia arriba y hacia abajo, giró tan rápido que el soldadito de plomo se tambaleó, pero permaneció fuerte, su expresión no cambió. Miraba hacia delante con su fusil al hombro. De repente, el barco pasó por debajo de un puente que formaba parte de un desagüe, y después todo se tornó tan oscuro como el interior de la caja del soldadito de plomo.

So they made a boat out of newspaper, put the tin soldier in it, then sent him sailing down the gutter. The two boys ran alongside clapping their hands. Good gracious, the rain had been so heavy that there were large waves in the gutter and the water ran very fast. The paper boat rocked up and down and turned itself round so quickly that the tin soldier trembled, but he remained strong; his expression didn't change. He looked straight ahead and shouldered his musket. Suddenly, the boat shot under a bridge which was part of a drain, and then it went as dark as the tin soldier's box.

"Me gustaría saber adónde iré ahora", pensó. "Esto es por culpa del duende negro, estoy seguro. Si al menos la pequeña bailarina estuviera aquí en el barco conmigo, no estaría para nada preocupado por la oscuridad".

De repente apareció una gran rata que vivía en el desagüe.

—¿Tienes pasaporte? —preguntó la rata—. Dámelo de una vez.

Pero el soldadito de plomo se mantuvo en silencio y sostuvo su fusil con más firmeza que nunca. El barco seguía navegando y la rata lo perseguía. La rata rechinó los dientes y gritó a los pedazos de madera y paja:

—¡Detenedlo! ¡Detenedlo! No ha pagado el peaje ni ha mostrado su pasaporte.

"I'd like to know where I'm going now," he thought. "This is the black goblin's fault, I'm sure. Ah well, if the little lady were here in the boat with me, I wouldn't be at all worried about the dark."

Suddenly there appeared a great water—rat, who lived in the drain.

"Do you have a passport?" asked the rat. "Give it to me at once."

But the tin soldier remained silent and held his musket tighter than ever. The boat sailed on and the rat followed it. The rat gnashed his teeth and cried out to the bits of wood and straw, "Stop him, stop him! He hasn't paid the toll or shown his pass."

Pero la corriente se hacía más y más fuerte, y el soldadito de plomo podía ya percibir la luz del día a lo lejos, al final del túnel. Entonces escuchó un sonido atronador, lo suficientemente terrible como para asustar al más valiente de los hombres. Al final del túnel, había una fuerte pendiente por la que el agua caía a un gran canal, tan peligroso para él como lo sería para nosotros una catarata.

But the stream rushed on stronger and stronger, and the tin soldier could make out daylight in the distance at the end of the tunnel. Then he heard a roaring sound, terrible enough to frighten the bravest man. At the end of the tunnel, there was a steep drop where the water fell into a large canal, making it as dangerous for him as a waterfall would be for us.

Estaba demasiado cerca como para detenerse, por lo que el barco continuó y el pobre soldadito de plomo se mantuvo quieto, sin mover un párpado, para mostrar que no tenía miedo. El barco giró tres o cuatro veces y después se llenó de agua; nada pudo evitar que se hundiese. Estaba con el agua hasta el cuello y el bote se hundía cada vez más. El agua ablandó y empapó el papel hasta que, finalmente, el agua cubrió la cabeza del soldadito. Pensó que nunca más vería a la pequeña y elegante bailarina, y la letra de una vieja canción resonó en sus oídos:

"¡Adiós, guerrero! Siempre valiente, a la deriva hacia tu tumba".

He was too close to it to stop, so the boat rushed on and the poor tin soldier held himself steady, without moving an eyelid, to show that he wasn't afraid. The boat whirled round three or four times, and then it filled up with water and nothing could stop it sinking. He stood up to his neck in water and the boat sank deeper and deeper. The water made the paper soft and soggy until, at last, the water closed over the soldier's head. He thought of the elegant little dancer he'd never see again, and the words of an old song played in his ears:

"Farewell, warrior! Ever brave, Drifting onward to thy grave."

En ese momento el barco de papel se hizo pedazos y el soldadito se hundió en el agua, sólo para ser tragado por un gran pez. ¡Oh, cuán oscuro era el interior del pez! Estaba mucho más oscuro que el túnel, y más estrecho también, pero el soldadito de plomo se mantuvo firme y fuerte, con su fusil al hombro.

El pez nadaba de un lado a otro, haciendo todo tipo de movimientos, pero al fin se detuvo. Al cabo de un rato, un relámpago pareció atravesarlo y se hizo de día. Entonces, una voz exclamó:

—Aquí está el soldadito de plomo.

Then the paper boat fell to pieces, and the soldier sank into the water, only to be swallowed up by a big fish. Oh, how dark it was inside the fish! It was a great deal darker than in the tunnel, and narrower too, but the tin soldier stayed strong and stretched out, shouldering his musket.

The fish swam back and forth, making the most wonderful movements, but at last he stopped. After a while, a flash of lightning seemed to pass through him, and it was daylight. Then, a voice cried out, "I declare, here's the tin soldier."

El pez había sido pescado, llevado al mercado y vendido a una cocinera, quien lo llevó a la cocina y lo abrió con un gran cuchillo. Cogió al soldadito y lo agarró por la cintura entre su dedo índice y el pulgar. Entonces lo llevó a la habitación. Todos estaban ansiosos por ver al maravilloso soldado que había viajado dentro de un pez, pero al soldadito eso no le importaba en absoluto.

The fish had been caught, taken to market and sold to a cook, who took him into the kitchen and cut him open with a large knife. She picked up the soldier and held him by the waist between her finger and thumb, and carried him into the room. They were all anxious to see this wonderful soldier who had traveled about inside a fish, but the soldier didn't care about that at all.

Lo colocaron sobre la mesa, y allí, en fin, ¡qué cosas más bizarras pasan en el mundo! Estaba en la misma habitación de la ventana por la que cayó. Había los mismos niños, los mismos juguetes sobre la mesa, y el mismo bonito castillo con la elegante bailarina en la puerta. Ella seguía manteniendo el equilibrio sobre una pierna y sujetando la otra, tan firme como él. El soldadito de plomo estaba tan contento por verla de nuevo que casi llora lágrimas de metal, pero se contuvo. La miró y ambos guardaron silencio.

They placed him on the table, and there, well, what bizarre things happen in the world! There he was in the very same room with the window he'd fallen through; there were the same children, the same toys standing on the table, and the same pretty castle with the elegant little dancer at the door. She was still balancing on one leg, and holding up the other, making her as steady as he was. The tin soldier was so pleased to see her that he almost wept tin tears, but he held them back. He looked at her and they both remained silent.

De pronto, uno de los niños cogió al soldadito de plomo y lo arrojó a la estufa. No tuvo motivo alguno para hacer eso; así que debió ser el duende negro de la caja quien le hizo hacerlo.

Las llamas prendieron en el soldadito de plomo y el calor era insoportable, pero no sabía si procedía del fuego real o del fuego del amor. Entonces notó que los colores brillantes de su uniforme se habían desvanecido, pero no supo si se habían ido durante su viaje o por los efectos de su pena. Él miró a la pequeña bailarina y ella lo miró a él. El soldadito sintió cómo se derretía, pero todavía se mantenía firme, con su fusil en el hombro. De repente, una puerta se abrió de golpe y la corriente atrapó a la pequeña bailarina, llevándola como una sílfide directa a la estufa, junto al soldadito de plomo. Tras esto, fue inmediatamente tragada por las llamas. El soldadito se derritió con apariencia amorfa, y a la mañana siguiente, cuando la sirvienta sacó las cenizas de la estufa, lo encontró con forma de corazoncito de hojalata. De la pequeña bailarina sólo quedó la rosa de oropel, tan negra como el carbón.

Straightaway, one of the little boys picked up the tin soldier and threw him into the stove. He had no reason to do that, so it must have been the black goblin in the snuffbox who made him do it.

The flames lit up the tin soldier and the heat was unbearable, but he couldn't tell if it came from the real fire or from the fire of love! Then he noticed that the bright colors of his uniform had faded, but he didn't know if they had been washed off during his journey or by the effects of his sorrow. He looked at the little lady, and she looked at him. He felt himself melting away, but he still remained steady with his gun on his shoulder. Suddenly a door flew open and the draft picked up the little dancer, wafting her like a sylph right into the stove next to the tin soldier, and then she was instantly swallowed up by the flames. The tin soldier melted down into a lump and, the next morning, when the maid took the ashes out of the stove, she found him in the shape of a little tin heart. Only the tinsel rose remained of the little dancer, and that was burnt as black as coal.

HISTORIA 9: CAPERUCITA ROJA
STORY 9: LITTLE RED RIDING HOOD

Había una vez una dulce niña, muy querida por todo el mundo, pero sobre todo por su abuela. Una vez le hizo con sus propias manos una pequeña caperuza de terciopelo rojo. Le quedaba muy bien y se la ponía todo el tiempo, así que la gente empezó a llamarla "Caperucita Roja".

There was once a sweet little girl, much beloved by everybody, but most of all by her grandmother. Once she made, with her own hands, a little riding hood of red velvet. It suited her very well and she never wore anything else, so people started calling her "Little Red Riding Hood."

Un día su madre le dijo:

—Ven, Caperucita Roja, aquí tienes algunos pasteles y una botella de vino para que se los lleves a tu abuela. Ella está débil y enferma, y le harán bien. Date prisa y sal antes de que haga demasiado calor. Camina bien y no corras, te puedes caer y romper la botella de vino, y no quedará nada para la abuela. Cuando llegues a su habitación, no te olvides de darle los buenos días en lugar de mirar a tu alrededor.

—Te prometo que tendré cuidado —le prometió Caperucita Roja a su madre.

One day her mother said to her, "Come, Little Red Riding Hood, here are some cakes and a flask of wine for you to take to grandmother. She is weak and ill, and they will do her good. Hurry and set out before it gets too hot, and walk properly and nicely, and don't run, or you might fall and break the flask of wine, then there wouldn't be any left for grandmother. And when you go into her room, don't forget to say good morning, instead of staring around you."

"I'll be sure to take care," Little Red Riding Hood promised her mother.

La abuela vivía en el bosque, a media hora a pie del pueblo, y cuando Caperucita Roja llegó al bosque, vio a un lobo. Ella no sabía qué tan malo era el animal, así que no tuvo miedo.

The grandmother lived in the woods, half an hour's walk from the village, and when Little Red Riding Hood reached the woods, she met a wolf. She didn't actually know what a bad animal he was, so she didn't feel frightened.

—Buenos días, Caperucita Roja —dijo.

—Muchas gracias, señor Lobo —respondió ella.

—¿Adónde vas tan temprano, Caperucita?

—A casa de mi abuelita.

—¿Y qué llevas bajo tu delantal?

—Pasteles y vino. Los hicimos ayer, y mi abuela está débil y enferma, así que le harán bien y harán que se encuentre mejor.

—¿Dónde vive tu abuelita, Caperucita?

—A un cuarto de hora a pie de aquí. Su casa está debajo de los tres robles, los que tienen tres avellanos cerca —dijo Caperucita Roja.

"Good day, Little Red Riding Hood," he said.

"Thank you very much, Mr Wolf," she answered.

"Where are you going so early, Little Red Riding Hood?"

"To my grandmother's."

"What are you carrying under your apron?"

"Cakes and wine. We baked yesterday, and my grandmother is very weak and ill, so they will do her good and help her to feel better."

"Where does your grandmother live, Little Red Riding Hood?"

"A quarter of an hour's walk from here. Her house stands beneath the three oak trees, the ones that have three hazel bushes near them," said Little Red Riding Hood.

El lobo pensó para sí mismo: "Esta tierna joven estaría deliciosa si me la comiera, y sabría mejor que la vieja. Debo buscar una manera de comerme a ambas".

Entonces él caminó con Caperucita Roja durante un tiempo y dijo:

—Caperucita, mira qué flores más bonitas hay a tu alrededor. Escucha el canto de los pájaros. Estás caminando como si fueras al colegio, pero es extraordinario caminar aquí en el bosque.

The wolf thought to himself, "That tender young thing would be delicious to eat, and would taste better than the old one. I must work out a way to get both of them."

Then he walked with Little Red Riding Hood for a little while, and said, "Little Red Riding Hood, just look at the pretty flowers growing all round you. Listen to the birds' songs. You're walking along just as if you were going to school, yet it's so delightful out here in the woods."

Caperucita Roja miró a su alrededor y, cuando vio la luz del sol pasando aquí y allá entre los árboles y las hermosas flores por todas partes, pensó para sí misma: "Si recogiese un ramo de flores frescas para mi abuelita, se pondría muy contenta. Todavía es temprano, así que tengo mucho tiempo".

Así que corrió por el bosque buscando flores. Cada vez que cogía una, veía otra aún más bonita un poco más lejos, así que se adentraba un poco más en el bosque y se alejaba del camino.

Little Red Riding Hood glanced round her, and when she saw the sunbeams passing here and there through the trees, and the lovely flowers everywhere, she thought to herself, "If I were to take a fresh bunch of flowers to my grandmother she would be very pleased, and it's still early so I have plenty of time."

So she ran around in the woods, looking for flowers. And as she picked each one she saw a still prettier one a little further away, and so she went further and further into the woods and away from the path.

El lobo, sin embargo, fue directo a casa de la abuela y llamó a la puerta.

—¿Quién es? —dijo la abuela.

—Caperucita Roja —respondió él—, y te he traído unos pasteles y vino. Por favor, abre la puerta.

—Descorre el pestillo —exclamó la abuela—. Estoy demasiado débil como para levantarme.

El lobo descorrió el pestillo y la puerta se abrió. Se abalanzó sobre la abuela y se la comió sin decir una palabra. Luego se puso su ropa, incluyendo el gorro, y se metió en la cama. Después, corrió las cortinas de la cama a su alrededor.

The wolf, though, went straight to the grandmother's house and knocked on the door.

"Who's there?" cried the grandmother.

"Little Red Riding Hood," he answered, "and I have brought you some cake and wine. Please open the door."

"Lift the latch," cried the grandmother. "I'm too weak to get up."

The wolf lifted the latch, and the door flew open, and he fell on the grandmother and ate her up without saying a word. Then he put her clothes on, including her cap, got into her bed, and then pulled the bed curtains closed around him.

Caperucita Roja estaba todavía corriendo entre las flores, y cuando hubo recogido tantas como podía llevar, se acordó de su abuela y partió para ir a verla. Se sorprendió al encontrar la puerta abierta, y cuando entró se sintió muy extraña. Pensó para sí misma: "Dios mío, me siento muy incómoda aquí, en cambio ¡estaba tan contenta esta mañana por ver a mi abuelita!

Cuando dijo "buenos días", no obtuvo respuesta, así que fue a la cama y corrió las cortinas. Su abuela estaba tumbada allí con su gorro puesto sobre los ojos. Estaba muy rara.

Little Red Riding Hood was still running around among the flowers, and when she had gathered as many as she could carry, she remembered her grandmother, and set off to go and see her. She was surprised to find the door standing open, and when she went inside she felt very strange, thinking to herself, "Oh dear, I feel very uncomfortable here, yet I was so glad this morning to be seeing my grandmother!"

When she said, "Good morning," there was no answer. So, she went up to the bed and drew back the curtains. Her grandmother was lying there with her cap pulled over her eyes, and she looked very odd.

—¡Oh, abuelita, qué orejas más grandes tienes!

—Son para escucharte mejor.

—¡Oh, abuelita, qué ojos tan grandes tienes!

—Son para verte mejor.

—¡Oh, abuelita, qué manos más grandes tienes!

—Son para cogerte mejor.

—¡Oh, abuelita, qué boca tan grande tienes!

—¡Es para comerte mejor!

Tan pronto como el lobo dijo eso, saltó de la cama y se comió a Caperucita Roja de un bocado.

El lobo, tras haber satisfecho su hambre, se tumbó de nuevo, se durmió y se puso a roncar de forma estridente.

"Oh grandmother, what big ears you have!"

"All the better to hear you with."

"Oh grandmother, what big eyes you have!"

"All the better to see you with."

"Oh grandmother, what big hands you have!"

"All the better to hold you with."

"But, grandmother, what a big mouth you have!"

"All the better to eat you with!"

And no sooner had the wolf said this than he jumped from the bed, and swallowed up poor Little Red Riding Hood.

Then the wolf, having satisfied his hunger, lay down again, went to sleep, and began to snore loudly.

Un cazador lo oyó mientras pasaba cerca de la casa y pensó, "cómo ronca la anciana. Será mejor que vaya a mirar si le ocurre algo".

Entonces entró en la habitación, caminó hacia la cama y vio al lobo allí tumbado.

—¡Al fin te encontré, viejo pícaro! —dijo—. Te llevo buscando mucho tiempo.

Y dedujo que el lobo se había tragado a la abuela entera, pero que sería capaz de salvarla, así que cogió unas cizallas y comenzó a abrir el cuerpo del lobo.

Tras unos pequeños cortes, Caperucita Roja apareció, y tras unos pocos más, pudo salir. Exclamó:

—¡Oh, Dios, he tenido tanto miedo! Está muy oscuro dentro del lobo.

Entonces, la abuela salió, todavía viva y respirando. Caperucita Roja cogió unas piedras grandes y las puso en el estómago del lobo para que, cuando se levantase e intentara huir, las piedras pesaran tanto que se cayera y muriera.

A huntsman heard him as he was passing by the house, and thought, "How the old woman snores. I'd better see if there is anything the matter with her."

Then he went into the room, and walked up to the bed, and saw the wolf lying there.

"At last I've found you, you old rogue!" he said. "I've been looking for you for a long time."

And he decided the wolf must have swallowed the grandmother whole, but that he might be able to save her. So he took a pair of shears and began to slit open the wolf's body.

After a few small cuts Little Red Riding Hood appeared, and after a few more cuts she was able to jump out. She cried, "Oh dear, I've been so frightened! It's so dark inside the wolf."

And then the old grandmother came out, still living and breathing. But Little Red Riding Hood went and quickly fetched some large stones. She put them into the wolf's body, so that when he woke up and tried to rush away, the stones would be so heavy that he would drop down and die.

Los tres estaban muy contentos. El cazador cogió la piel del lobo y se la llevó a casa. La abuela se comió los pasteles y se bebió el vino, reviviendo lentamente. Caperucita Roja se dijo a sí misma que nunca más se desviaría por el bosque ella sola, que se limitaría a hacer lo que su madre le dijese.

All three of them were very pleased. The huntsman took the wolf's skin and carried it home. The grandmother ate the cakes, and drank the wine, and slowly revived. And Little Red Riding Hood said to herself that she would never again stray into the woods on her own, but would stick to doing what her mother told her.

También debo contarte cómo, unos días más tarde, cuando Caperucita Roja le llevaba pasteles a su abuela de nuevo, otro lobo le habló. Quería tentarla a alejarse del camino. Sin embargo, ella estaba en guardia y siguió su camino. Caperucita le contó a su abuela cómo el lobo se había encontrado con ella y le había dado los buenos días, pero parecía tan malvado que ella pensó que la habría comido si no hubiese permanecido en el camino principal.

I must also tell you how, a few days later, Little Red Riding Hood was taking cakes to her grandmother again when another wolf spoke to her, and wanted to tempt her to leave the path. She was on her guard, though, and went straight on her way, and told her grandmother how the wolf had met her and wished her good day, but had seemed so wicked that she thought he would have eaten her up if she hadn't been on the main road.

—Ven —dijo la abuela—. Cerraremos la puerta para que no pueda entrar.

Poco después, el lobo llamó a la puerta y gritó:

—Abre la puerta, abuelita, soy Caperucita Roja y te traigo pasteles.

Permanecieron en silencio y no abrieron la puerta. Tras esto, el lobo se quedó cerca de la casa y consiguió subir al tejado. Esperó hasta que Caperucita volvía a casa por la noche e intentó saltar sobre ella y comérsela en la oscuridad.

"Come," said the grandmother, "we will shut the door so that he can't get in."

Soon after the wolf came knocking on the door, and called out, "Open the door, grandmother, I am Little Red Riding Hood, bringing you cakes."

But they remained still, and didn't open the door. After that, the wolf stayed by the house and managed to get on the roof. He waited until Little

Red Riding Hood returned home in the evening, intending to jump down on her and eat her up in the darkness.

Pero la abuela se dio cuenta de lo que planeaba. Había un gran abrevadero de piedra frente a la casa y la abuela le dijo a la niña:

—Caperucita, ayer cocí salchichas, así que coge el caldero, lleva el agua donde fueron cocidas y échala en el abrevadero.

Caperucita Roja así lo hizo, y el gran abrevadero se llenó. Cuando el olor de las salchichas alcanzó la nariz del lobo, él olfateó, miró a su alrededor, y estiró tanto el cuello que perdió el equilibrio y comenzó a caer deslizándose por el tejado directo hacia el gran abrevadero, y se ahogó.

Caperucita Roja fue a casa feliz y sin sufrir ningún daño.

But the grandmother realized what he was planning. There was a big stone trough in front of the house and the grandmother said to the child, "Little Red Riding Hood, I was boiling sausages yesterday, so take the bucket, carry away the water they were boiled in, and pour it into the trough."

Little Red Riding Hood did so and the large trough filled up. When the smell of the sausages reached the wolf's nose he sniffed, looked around, and stretched out his neck so far that he lost his balance and began to fall, and he slipped down from the roof straight into the huge trough, and drowned.

Then Little Red Riding Hood went home happily and came to no harm.

HISTORIA 10: EL GATO CON BOTAS
STORY 10: PUSS IN BOOTS

Había un molinero que, cuando murió, dejó a sus tres hijos un molino, un burro y un gato. Esto se dividió sin la ayuda de un abogado o un notario, que habrían consumido toda la insignificante herencia. El mayor recibió el molino; el segundo, el burro; y el más pequeño, sólo recibió el gato.

El pobre chico joven se sentía bastante triste por tener tan mala suerte.

—Mis hermanos —dijo—, pueden ganarse la vida bien si unen sus posesiones, pero por mi parte, una vez que me haya comido mi gato y me haya hecho un par de guantes con su piel, moriré de hambre.

There was a miller who, when he died, left his three sons a mill, a donkey, and a cat. These were soon divided without the help of an attorney or notary, who would have eaten up the entire paltry estate. The eldest had the mill, the second the donkey, and the youngest received only the cat.

The poor young fellow was quite miserable about having such a poor lot.

"My brothers," he said, "can earn a living well enough by joining their assets together, but for my part, once I've eaten my cat and made a pair of mittens out of his skin, I will die of hunger."

El gato oyó todo, pero fingió que no, y dijo en tono solemne y serio:

—No te preocupes, buen señor. Todo lo que tienes que hacer es darme una bolsa y un par de botas hechas para mí para que pueda correr por la tierra y las zarzas, y verás que no has hecho tan mal negocio como pensabas.

El amo del gato no le dio mucha importancia a lo que había dicho, pero a menudo lo había visto hacer trucos astutos con ratas y ratones para atraparlos. Por ejemplo, solía colgarse de los talones o esconderse entre el grano, haciéndose pasar por muerto, así que empezó a sentir que quizás el gato pudiera ayudarlo en su triste situación.

The cat heard all this but pretended he hadn't, and said solemnly and seriously, "Don't worry, good master. All you have to do is give me a bag, and get a pair of boots made for me, so that I can run around in the dirt and the brambles, and you'll see that you don't have as bad a deal as you thought."

The cat's master didn't set much store by what he'd said, but he had often seen him play some cunning tricks on rats and mice to catch them. For example, he used to hang by his heels, or hide himself in grain, and pretend to be dead, so he did start to feel the cat might be able to help him in this miserable situation.

Cuando al gato se le dio lo que había pedido, se puso sus botas. Con su bolsa sobre la cabeza, cogió las correas con sus dos patas delanteras y fue a una madriguera donde había muchos, muchos conejos. Puso salvado y hierbas en su bolsa y, estirándose como si estuviera muerto, esperó a que pasase algún conejo joven, uno que aún no estuviese familiarizado con los caminos del mundo e intentara probar lo que había puesto en su bolsa.

Apenas estuvo acostado un momento, cuando obtuvo lo que quería: un imprudente y tonto conejito saltó dentro de la bolsa, y el señor Gato apretó de inmediato las cuerdas, cogió al conejo y lo mató sin clemencia.

When the cat had been given what he'd asked for, he put his boots on. With his bag over his head, he held the straps in his two front paws, and went out to a warren where there were many, many rabbits. He put bran and herbs in his bag and, stretching himself out as if he were dead, he waited for some young rabbit, one who wasn't yet familiar with the ways of the world, to try and help itself to what he had put in his bag.

He'd barely been lying down for a moment when he had what he wanted: a rash and foolish young rabbit jumped into the bag, and Mr. Puss immediately closed the strings, took the rabbit and killed it without mercy.

Orgulloso de su presa, la llevó a palacio y pidió hablar con Su Majestad. Se le hizo subir a los aposentos del rey y, haciendo una profunda reverencia, le dijo:

—Señor, os he traído un conejo de la madriguera de mi noble señor el Marqués de Carabás (ya que ese era el título que el Gato con Botas había elegido para su amo), y me ha mandado que se la presente a Su Majestad de su parte.

—Dile a tu amo —dijo el rey— que se lo agradezco y que me agrada mucho.

Proud of his prey, he took it to the palace and asked to speak to His Majesty. He was shown upstairs into the king's apartment and, making a low bow, said to him, "Sir, I have brought you a rabbit from my noble lord the Marquis of Carabas's warren" (for that was the title which Puss had chosen to give his master) "and he has commanded me to present it to Your Majesty from him."

"Tell thy master," said the king, "that I thank him, and that this gives me a great deal of pleasure."

En otra ocasión, se ocultó en un trigal con su bolsa abierta, y cuando un par de perdices entraron corriendo en ella, tiró de las cuerdas y las

atrapó a ambas. Fue y le ofreció el regalo al rey, tal y como había hecho antes. El rey recibió con el mismo agrado las perdices y ordenó que le diesen de beber al emisario del Marqués de Carabás.

On another occasion, he went and hid himself among some standing corn with his bag open, and when a pair of partridges ran into it, he pulled the strings and trapped them both. He went and made a present of these to the king, as he had done before. The king in like manner received the partridges with great pleasure, and ordered that the Marquis of Carabas's emissary be given something to drink.

El gato continuó así durante dos o tres meses, llevando cosas al rey en nombre de su amo. Un día en particular, cuando se enteró de casualidad de que el rey iba a dar un paseo en carruaje por el río con su hija, la princesa más bella del mundo, le dijo a su amo:

—Si sigues mi consejo, tu fortuna estará hecha. Todo lo que tienes que hacer es ir y lavarte en el río, donde yo te indique, y déjame el resto a mí.

The cat continued in this way for two or three months, taking the king game in his master's name. One day in particular, when he knew for certain that the king was to take a carriage ride down by the river with his daughter, the most beautiful princess in the world, he said to his master, "If you follow my advice, your fortune will be made. All you have to do is go and wash yourself in the river, where I show you to, and leave the rest to me."

El supuesto Marqués de Carabás hizo lo que su gato le aconsejó sin saber por qué.

Mientras el marqués se lavaba, el rey pasó cerca y el gato se puso a gritar tan alto como pudo:

—¡Socorro, socorro! ¡Mi amo el Marqués de Carabás se está ahogando!

The "Marquis of Carabas" did what the cat advised him to, without knowing the reason why.

While the marquis was washing, the king passed by, and the cat began to cry out, as loud as he could, "Help, help, my lord Marquis of Carabas is drowning!"

Cuando oyó eso, el rey asomó la cabeza por la ventana del carruaje y, al ver que era el gato que le había llevado tan buena comida, ordenó a sus guardias que ayudaran de forma inmediata a su señoría, el Marqués de Carabás.

Mientras sacaban al pobre marqués del río, el gato se acercó a la carroza y le dijo al rey que, mientras su amo se estaba lavando, unos ladrones se acercaron y se llevaron su ropa a pesar de que él había gritado "¡Ladrones, ladrones!" varias veces, tan alto como pudo. El astuto gato había escondido la ropa bajo una gran piedra.

El rey ordenó de inmediato a los oficiales de su guardarropa que se dieran prisa y cogieran uno de sus mejores trajes para el señor Marqués de Carabás.

As he heard this, the king put his head out of his coach window and, finding it was the cat who'd so often brought him such good food, he ordered his guards to go immediately to help his lordship, the Marquis of Carabas.

While they were pulling the poor marquis out of the river, the cat came up to the coach and told the king that while his master was washing some thieves came by and they went off with his clothes even though he'd shouted, "Thieves, thieves!" several times, as loudly as he could. The cunning cat had hidden the clothes under a large stone.

The king immediately ordered the officers of his wardrobe to run and fetch one of his best suits for the lord Marquis of Carabas.

El rey recibió al marqués con gran amabilidad, y la ropa elegante que le había dado realzaba muy bien sus finas facciones (porque era guapo y bien formado). A la hija del rey le empezó a gustar en secreto, y apenas el Marqués de Carabás la miró con ternura un par de veces, se enamoró perdidamente de él.

El rey lo invitó a que subiera a su carroza y los acompañara mientras tomaban el aire. El gato, muy contento de ver que sus planes habían tenido éxito, marchó al frente del carruaje y, encontrándose con unos campesinos que estaban segando el campo, les dijo:

—Buena gente, segadores, si no le decís al rey que el prado que segáis pertenece a mi señor el Marqués de Carabás, seréis picados como picadillo de carne.

The king welcomed the marquis with great kindness, and the elegant clothes he'd given him set off his fine features very well (for he was handsome and well—formed). The king's daughter took a secret liking to him, and the Marquis of Carabas had no sooner looked at her tenderly a couple of times than she fell madly in love with him.

The king invited him to climb into his coach and join them as they took the air. The cat, quite overjoyed to see his plans succeeding, marched on in front of the carriage and, coming across some peasants who were mowing a meadow, he said to them, "Good people, mowers, if you don't tell the king that the meadow you mow belongs to my lord Marquis of Carabas, you'll be chopped up like mince—meat."

El rey, por supuesto, preguntó a los segadores a quién pertenecía el prado que estaban segando.

—A mi señor el Marqués de Carabás —respondieron todos a la vez, puesto que las amenazas del gato les habían asustado.

—Tenéis ciertamente una buena hacienda —dijo el rey al Marqués de Carabás.

—Veréis, señor —dijo el marqués—, este prado no deja de dar una cosecha abundante todos los años.

The king did, of course, ask the mowers who owned the meadow they were mowing.

"My lord Marquis of Carabas," they all answered together, because the cat's threats had scared them.

"Truly a fine estate," said the king to the marquis of Carabas.

"You see, sir," said the marquis, "this meadow never fails to yield a plentiful harvest every year."

El gato, que todavía caminaba delante del carruaje, se encontró a unos campesinos que estaban segando y les dijo:

—Buena gente, segadores, si no le decís al rey que todo este maíz pertenece al Marqués de Carabás, seréis picados como picadillo de carne.

El rey, quien pasó por allí momentos después, quiso saber a quién pertenecía todo ese maíz.

—A mi señor el Marqués de Carabás —contestaron los segadores, y el rey felicitó al marqués de nuevo.

The cat, who still walked ahead of the carriage, came across some peasants who were reaping, and said to them, "Good people, reapers, if you don't tell the king that all this corn belongs to the Marquis of Carabas, you shall be chopped up like mince—meat."

The king, who passed by a moment later, wanted to know who all the corn belonged to.

"To my lord Marquis of Carabas," replied the reapers, and the king once again congratulated the marquis.

El gato, que siempre caminaba delante del carruaje, dijo las mismas palabras a todos los que se encontraba, y el rey estaba maravillado con las vastas propiedades de mi señor Marqués de Carabás.

El señor Gato por fin llegó a un magnífico castillo regentado por un ogro. De hecho, era el ogro más rico que se hubiera conocido nunca, porque todas las tierras por las que había viajado el rey pertenecían a este castillo.

The cat, who always walked ahead of the carriage, said the same words to all he met, and the king was astonished at the vast estates of my lord Marquis of Carabas.

Mr. Puss came at last to a stately castle ruled by an ogre, indeed the richest ogre ever known, because all the lands the king had traveled through belonged to this castle.

El gato, que se había preocupado de averiguar quién era este ogro y qué era capaz de hacer, solicitó hablar con él, diciendo que no podía pasar tan cerca de su castillo sin tener el honor de presentarle sus respetos.

El ogro lo recibió de la forma más cortés que puede hacerlo un ogro y lo invitó a sentarse.

—Me han asegurado —dijo el gato— que tienes el don de poder convertirte en cualquier criatura que desees; que puedes, por ejemplo, transformarte en un león o en un elefante.

—Así es —respondió el ogro con rapidez—, y para convencerte, verás cómo me convierto en un león.

The cat, who had taken care to find out who this ogre was and what he could do, asked to speak with him, saying he could not pass so near his castle without having the honor of paying his respects.

The ogre received him as politely as an ogre could, and invited him to sit down.

"I have been assured," said the cat, "that you have the gift of being able to change yourself into any creature you wish, that you can, for example, transform yourself into a lion, or an elephant."

"This is true," answered the ogre very briskly, "and to convince you, you'll see me turn into a lion."

El Gato se asustó tanto al ver un león tan cerca de él que saltó al canalón del tejado de inmediato, lo que le trajo problemas y peligro, ya que las botas que llevaba no eran apropiadas para caminar por las tejas.

Poco después, cuando el señor Gato vio que el ogro había vuelto a su forma natural, bajó y admitió que se había asustado mucho.

Puss was so terrified at the sight of a lion so near him that he jumped up to the roof's gutter straightaway, but this brought him trouble and danger because of the boots he was wearing, which weren't great for walking on tiles.

A little while later, when Mr. Puss saw that the ogre had returned to his natural form, he got down and admitted he had been very scared.

—Además, me han asegurado —dijo el gato—, pero no sé si creérmelo, que también tienes el poder de transformarte en el más pequeño de los animales, una rata o un ratón, por ejemplo, aunque debo admitir que pienso que es bastante imposible.

—¿Imposible? —gritó el ogro—. Pronto lo verás.

Entonces, se transformó en un ratón y comenzó a correr por el suelo.

Tan pronto como el señor Gato lo vio, saltó sobre él y se lo comió.

"What's more, I've been informed," said the cat, "but I don't know if I believe it, that you also have the power to take on the shape of the smallest animals, a rat or a mouse for example, but I must admit I think this is probably impossible."

"Impossible?" cried the ogre. "You'll see soon enough."

Then he turned himself into a mouse and began running around the floor.

As soon as Mr. Puss saw this, he jumped on him and ate him.

Entretanto, el rey, que vio el hermoso castillo del ogro cuando pasó por allí, decidió parar y entrar. El señor Gato, que había oído el ruido del carruaje de Su Majestad atravesar el puente levadizo, se apresuró y le dijo al rey:

—Su Majestad es más que bienvenido a este castillo de mi señor Marqués de Carabás.

—¡Qué! Mi señor Marqués —exclamó el rey—, ¿también este castillo te pertenece? No hay nada más bello que este patio y todos los majestuosos edificios que lo rodean. Vayamos dentro, si no te importa.

Meanwhile the king who saw the ogre's fine castle as he passed by, decided to stop and go in. Mr. Puss, who heard the noise of His Majesty's coach coming over the drawbridge, ran out and said to the king, "Your Majesty is most welcome to this castle of my lord Marquis of Carabas."

"What! My lord Marquis," cried the king, "does this castle also belong to you? There's nothing finer than this courtyard and all the stately buildings surrounding it. Let's go in, if you don't mind."

El Marqués ofreció su mano a la princesa y siguió al rey, que entró primero. Entraron a un espacioso salón, donde encontraron un magnífico festín que el ogro había preparado para unos amigos que le visitaban ese mismo día, pero que no se atrevieron a entrar al saber que el rey estaba allí.

The marquis held his hand out to the princess and followed the king, who entered first. They passed into a spacious hall, where they found a magnificent feast which the ogre had prepared for friends who were visiting him that very day, but they didn't dare to enter knowing the king was there.

Su Majestad, quedó cautivado por completo por las buenas cualidades de mi señor Marqués de Carabás, al igual que su hija, quien estaba enamorada de él hasta los huesos. Viendo la vasta hacienda que poseía, tras cinco o seis bebidas, el rey dijo:

—Depende de ti, por supuesto, mi señor marqués, pero quiero que seas mi yerno.

El marqués se inclinó varias veces, aceptó el honor que su majestad le confería y se casó con la princesa el mismo día.

El señor Gato se convirtió en un gran señor, a partir de lo cual sólo persiguió a los ratones por diversión.

His Majesty was completely taken in by the good qualities of my lord Marquis of Carabas, as was his daughter who had fallen head over heels in love with him. And seeing the vast estate he possessed, after five or six drinks, he said to him, "It's up to you of course, my lord marquis, but I want you to be my son—in—law."

The marquis bowed several times, accepted the honor which his majesty conferred on him, and married the princess the very same day.

Mr. Puss became a great lord, and thereafter only chased after mice for fun.

HISTORIA 11: LOS TRES CERDITOS
STORY 11: THE THREE LITTLE PIGS

Había una vez tres cerditos que se fueron por el mundo a hacer fortuna. El mayor les dijo a sus hermanos que sería bueno para ellos que construyeran sus propias casas para estar protegidos. Los otros dos pensaron que era una buena idea, así que se pusieron a trabajar y cada uno construyó su propia casita.

Once upon a time there were three little pigs who went out into the world to make their fortune. The oldest told his brothers that it would be good for them to build their own houses to be protected. The other two thought it was a good idea, so they got down to work, and each one built his own little house.

El primer cerdito era muy vago. No quería trabajar en absoluto, por lo que se construyó una casa de paja.

—La mía estará hecha de paja —dijo—. La paja es blanda y se puede sujetar con facilidad. Habré acabado pronto y podré ir a jugar.

El segundo cerdito trabajaba un poco más, aunque también era un poco perezoso, y se hizo una casa de madera.

—Puedo encontrar un montón de palos por los alrededores —le explicó a sus hermanos—. Construiré mi casa en un santiamén con todos estos palos e iré también a jugar.

The first little pig was very lazy. He didn't want to work at all, and so he built himself a house of straw.

"Mine will be made of straw," he said. "The straw is soft and easy to hold. I'll be done soon and I can go and play."

The second little pig worked a little harder, but he was a bit lazy too, and he built himself a house of sticks.

"I can find a lot of sticks around," he explained to his brothers. "I'll build my house in a jiffy with all these sticks and go and play too."

El tercer cerdito y el más mayor trabajó duro todo el día y construyó su casa con ladrillos. Era una casa robusta, con un gran fuego y una chimenea. Parecía como si pudiera aguantar hasta los vientos más fuertes.

The third and eldest little pig worked hard all day and built his house with bricks. It was a sturdy house, complete with a fine fireplace and chimney. It looked like it would stand up to the strongest of winds.

Al día siguiente, un lobo bajó por el camino donde vivían los tres cerditos y vio la casita de paja. También olió al cerdito dentro. Pensó que el cerdito sería una buena comida y se le hizo agua la boca.

Llamó a la puerta y dijo:

—¡Cerdito! ¡Cerdito! ¡Déjame entrar! ¡Déjame entrar!

The next day, a wolf happened to go down the lane where the three little pigs lived and he saw the straw house. He also smelled the pig inside. He thought the pig would make a fine meal and his mouth began to water.

So, he knocked on the door and said, "Little pig! Little pig! Let me in! Let me in!"

Pero el cerdito vio las grandes pezuñas del lobo a través de la cerradura y respondió:

—¡No, no, no! ¡Ni lo sueñes!

Entonces, el lobo enseñó los dientes y dijo:

—Entonces soplaré y soplaré y la casa derribaré.

Y sopló, y sopló, ¡y la casa derribó! El lobo abrió mucho sus mandíbulas y mordió tan fuerte como pudo, pero el primer cerdito consiguió escapar y corrió a esconderse con el segundo cerdito.

But the little pig saw the wolf's big paws through the keyhole, and he answered back, "No! No! No! Not by the hairs on my chinny chin chin!"

Then the wolf showed his teeth and said, "Then I'll huff, and I'll puff, and I'll blow your house down."

And he huffed, and he puffed, and he blew the house down! The wolf opened his jaws very wide and bit down as hard as he could, but the first little pig managed to escape and ran away to hide with the second little pig.

El lobo continuó por el camino y pasó cerca de la segunda casa, que estaba hecha de palos de madera. Vio la casa, olió a los cerditos dentro y se le hizo agua la boca al pensar en la buena cena que serían.

Llamó a la puerta y dijo:

—¡Cerditos! ¡Cerditos! ¡Déjadme entrar! ¡Déjadme entrar!

Pero los cerditos vieron las orejas puntiagudas del lobo a través de la cerradura y respondieron:

—¡No, no, no! ¡Ni lo sueñes!

Entonces, el lobo enseñó los dientes y dijo:

—Entonces soplaré y soplaré y la casa derribaré.

Y sopló, y sopló, ¡y la casa derribó! El lobo era codicioso e intentó coger a los dos cerditos a la vez, pero fue demasiado avaro y, ¡no atrapó a ninguno de ellos! Sus grandes mandíbulas se cerraron con nada más que aire dentro y los dos cerditos se alejaron tan rápido como sus pequeñas pezuñas les permitieron.

El lobo los persiguió por el camino y casi los cogió, pero llegaron a la casa de ladrillos y cerraron la puerta de golpe justo a tiempo antes de que el lobo los alcanzara.

The wolf continued down the lane and he passed near the second house which was made of sticks. He saw the house, and he smelled the pigs inside, and his mouth began to water as he thought about the fine dinner they would make.

So, he knocked on the door and said, "Little pigs! Little pigs! Let me in! Let me in!"

But the little pigs saw the wolf's pointy ears through the keyhole, and they answered back, "No! No! No! Not by the hairs on our chinny chin chins!"

Then the wolf showed his teeth and said, "Then I'll huff, and I'll puff, and I'll blow your house down."

So, he huffed, and he puffed, and he blew the house down! The wolf was greedy and he tried to catch both pigs at once. But because he was too greedy, he didn't catch either of them! His big jaws clamped down on nothing but air and the two little pigs scrambled away as fast as their little hooves would carry them.

The wolf chased them down the lane and almost caught them but they made it to the brick house and slammed the door closed just in time before the wolf caught up with them.

Los tres cerditos estaban muy asustados porque sabían que el lobo quería comérselos. ¡Casi lo hizo! El lobo no había comido en todo el día y se le había abierto el apetito persiguiendo a los cerditos, y ahora podía oler a los tres dentro de la casa, y sabía que serían un maravilloso festín.

El lobo llamó a la puerta y dijo:

—¡Cerditos! ¡Cerditos! ¡Déjadme entrar! ¡Déjadme entrar!

Pero los cerditos vieron los ojos estrechos del lobo a través de la cerradura y respondieron:

—¡No, no, no! ¡Ni lo sueñes!

Entonces, el lobo enseñó los dientes y dijo:

—Entonces soplaré y soplaré y la casa derribaré.

¡Y bien! Sopló y sopló. Sopló y sopló. Sopló y sopló, sopló y sopló, pero la casa no derribó. Al final, se quedó sin aliento y no pudo soplar más. Entonces, se paró a descansar y a pensar un poco.

The three little pigs were very frightened because they knew the wolf wanted to eat them. He certainly did! The wolf hadn't eaten all day and he had worked up quite an appetite chasing the pigs around, and now he could smell all three of them inside the house and he knew that the three little pigs would make a lovely feast.

So, the wolf knocked on the door and said, "Little pigs! Little pigs! Let me in! Let me in!"

But the little pigs saw the wolf's narrow eyes through the keyhole, and they answered back, "No! No! No! Not by the hairs on our chinny chin chins!"

So the wolf showed his teeth and said, "Then I'll huff, and I'll puff, and I'll blow your house down."

Well! He huffed, and he puffed. He puffed, and he huffed. And he huffed, huffed, and he puffed, puffed, but he could not blow the house down. At last, he was so out of breath that he couldn't huff or puff anymore. So, he stopped to rest and thought a bit.

Pero no pudo soportarlo. El lobo brincó con rabia y juró que bajaría por la chimenea y se comería a los cerditos para cenar. Mientras subía al tejado, uno de los cerditos encendió el fuego y puso un gran caldero de agua a hervir. Entonces, justo cuando el lobo se deslizaba por la chimenea, el cerdito retiró la tapa y ¡plop! El lobo cayó en el agua hirviendo.

El cerdito volvió a tapar la olla, cocinó al lobo y los tres cerditos se lo comieron para cenar. El más mayor regañó a los otros dos por ser tan vagos y poner en peligro sus vidas, pero después cantaron y bailaron juntos durante el resto del día.

Si algún día atraviesas el bosque y ves a tres cerditos, sabrás que son los Tres Cerditos porque les gusta cantar:

— ¡Quién teme al Lobo Feroz, al Lobo, al Lobo!

But this was too much for him to bear. The wolf danced about with rage and swore he would come down the chimney and eat up the little pigs for his supper. While he was climbing on to the roof, one little pig made a blazing fire and put a big pot of water on to boil. Then, just as the wolf was coming down the chimney, the little pig took off the lid, and plop! The wolf fell into the scalding water.

Then the little pig put the cover on the pot again, boiled the wolf up, and the three little pigs ate him for supper instead. The older of them scolded the other two for being so lazy and endangering their own lives, but later they sang and danced together for the rest of the day.

Now, if you ever go through the woods and see three pigs, you will know they are the Three Little Pigs because they like to sing:

"Who's afraid of the Big Bad Wolf?

Big Bad Wolf, Big Bad Wolf!"

CONCLUSION

Reading is a magical activity that can transport you to wonderful places and faraway lands without having to leave your home. We truly hope that this book was able to do that for you. Even more importantly, we hope you were able to improve your second language skills at the same time.

Before we bid our farewells, here is a short checklist for you:

- Did you feel that your reading skills in Spanish or English improved as you read the fairy tales?
- Did the audio help you enhance your listening skills in either Spanish or English?
- Were you able to follow along to the words to practice your pronunciation?

We certainly hope you did. Even more importantly, we hope you had a wonderful time reading the fairy tales and listening to the narration.

We hope this book has enriched your reading life and pushed you towards even more reading adventures. It will be of great help in polishing your Spanish or English language skills.

Thank you for sticking with us all the way to the end! We hope you got a lot out of this book! We'd love to hear what you think. If you have comments, questions, or suggestions about this book, please let us know by sending us an email at support@mydailyspanish.com. This will help us to enhance our books and provide you with better learning resources.

If you need more help with learning Spanish, please visit http://www. mydailyspanish.com. There are so many great materials there waiting for you to discover them. Whether it's help with grammar, vocabulary, or Spanish culture and travel, we'll always be here to help.

Thank you,

My Daily Spanish Team

HOW TO DOWNLOAD THE FREE AUDIO FILES?

The audio files need to be accessed online. No worries though—it's easy!

On your computer, smartphone, iPhone/iPad, or tablet, simply go to this link:

https://mydailyspanish.com/fairytales-audio/

Be careful! If you are going to type the URL on your browser, please make sure to enter it completely and exactly. It will lead you to a wrong webpage if not entered precisely. You should be directed to a webpage where you can see the cover of your book.

Below the cover, you will find two "Click here to download the audio" buttons in blue and orange color.

Option 1 (via Google Drive): The blue one will take you to a Google Drive folder. It will allow you to listen to the audio files online or download it from there. Just "Right click" on the track and click "Download." You can also download all the tracks in just one click—just look for the "Download all" option.

Option 2 (direct download): The orange button/backup link will allow you to directly download all the files (in .zip format) to your computer.

Note: This is a large file. Do not open it until your browser tells you that it has completed the download successfully (usually a few minutes on a broadband connection, but if your connection is slow it could take longer).

The .zip file will be found in your "Downloads" folder unless you have changed your settings. Extract the .zip file and you will now see all the audio tracks. Save them to your preferred folder or copy them to your other devices. Please play the audio files using a music/Mp3 application.

Did you have any problems downloading the audio? If you did, feel free to send an email to support@mydailyspanish.com. We'll do our best to assist you, but we would greatly appreciate it if you could thoroughly review the instructions first.

Thank you,

My Daily Spanish Team

ABOUT THE MY DAILY SPANISH

MyDailySpanish.com believes that Spanish can be learned almost painlessly with the help of a learning habit. Through its website and the books and audiobooks that it offers, Spanish language learners are treated to high quality materials that are designed to keep them motivated until they reach their language learning goals. Keep learning Spanish and enjoy the learning process with books and audio from My Daily Spanish.

MyDailySpanish.com is a website created to help busy learners learn Spanish. It is designed to provide a fun and fresh take on learning Spanish through:

- Helping you create a daily learning habit that you will stick to until you reach fluency, and
- Making learning Spanish as enjoyable as possible for people of all ages.

With the help of awesome content and tried-and-tested language learning methods, My Daily Spanish aims to be the best place on the web to learn Spanish.

The website is continuously updated with free resources and useful materials to help you learn Spanish. This includes grammar and vocabulary lessons plus culture topics to help you thrive in a Spanish-speaking location — perfect not only for those who wish to learn Spanish, but also for travelers planning to visit Spanish-speaking destinations.

For any questions, please email support@mydailyspanish.com.

YOUR OPINION COUNTS!

If you enjoyed this book, please consider leaving a review on Amazon and help other language learners discover it.

Scan the QR code below:

OR

Visit the link below:

https://geni.us/x4mK8e

Made in the USA
Coppell, TX
31 October 2024

39404527R00096